AF599977

RELATOS EN AZUL OSCURO
Cuéntame un blues

Juan Campello Canals

Aliarediciones

Corrección: Inés González Calo
Diseño de cubierta: Mónica Morales
Maquetación: Aliar Ediciones

*Los beneficios serán donados a la fundación PID,
que investiga las inmunodeficiencias primarias en el hospital Vall d'Hebrón.

Depósito Legal: GR 87-2026
ISBN: 979-13-88058-55-4

Impreso en España

Edita
ALIAR Ediciones
www.aliarediciones.es
info@aliarediciones.es

RELATOS EN AZUL OSCURO
Cuéntame un blues

Juan Campello Canals

Burning man

No fallaba una clase porque el piano era su vida. Le dedicaba gran cantidad de horas y anhelaba conseguir su recompensa, cumplir su sueño: él tocaría en un gran escenario ante mucha gente que le aplaudiría a rabiar porque su destino era ser el mejor.

Dejó su carrera de derecho para tener más tiempo, y además, ¿a quién carajo le importaba ser un abogado famoso? Pues a su madre, que insistió hasta la saciedad para que estudiara algo de provecho... pero no, sus estudios... su vida era tocar el piano, era ser el mejor pianista de blues de la historia y se lo trabajaba incansablemente.

Formó un grupo con sus amigos, pero... ninguno estaba a su nivel, ni técnico ni de expectativas, aunque eran sus amigos, pero no, no eran lo que él necesitaba, y eso llegó por sí solo. Durante uno de los bolos que hacían en un pequeño bar irlandés del barrio, se presentó el guitarrista de una conocida banda que rodaba en el circuito de la comunidad, pasando de inmediato a tocar con ellos. De ese escalón saltó a la oportunidad que esperaba, pues le solicitó uno de los mejores combos de blues del panorama nacional. Iba a ser el pianista de la banda que telonearía a Eric Clapton en su gira por España, su sueño cumplido al cien por ciento. No quería hacer movimientos bruscos por miedo a despertarse.

Durante la prueba de sonido, los músicos de Clapton se acercaron a felicitarlo porque era, sin duda, una gran promesa del instrumento. Era feliz, muy feliz, y la prueba fue un éxito, todo sonaba de maravilla y los técnicos eran de primera, así que disfrutaron del *catering*, descansaron un poco y esperaron su turno de actuación. Cuando les dieron el OK subieron al escenario abriendo con un medio tiempo que llegó al alma de todos los presentes. Tenían a un público totalmente entregado a pesar de no haber ido a verlos, porque no eran la estrella. Siguieron con un blues lento que inundó de *feeling* el estadio. Estaban literalmente triunfando.

En la tercera canción modularon hacia un *boogie* en el que el piano era el protagonista indiscutible. Comenzó muy bien, pero a los pocos segundos, el piano eléctrico con el que tocaba, tuvo un inesperado y extraño fallo de *software* que inutilizó todas las notas «si» del teclado, haciendo imposible desarrollar completas las escalas y algunos acordes. Se notaban una serie de vacíos que el público no comprendía y él tampoco, oyéndose los primeros silbidos. Se percibía la falta de interés en el público, algo que hizo a nuestro pianista enloquecer progresivamente. Henchido de rabia, comenzó a propinar puñetazos al instrumento hasta que le ardieron las manos, momento en que pasó a empujar con más rabia el piano hasta que lo tiró del escenario. Este gesto hizo las delicias de los espectadores, puesto que lo tomaron como parte de un *show* a lo Jerry Lee Lewis y aplaudieron y ovacionaron hasta hacer temblar el estadio.

Nuestro protagonista, hundido, se fue al camerino a llorar y a seguir golpeando cosas. Al poco tiempo, sus compañeros, que siguieron tocando dos canciones o más, bajaron a decirle que habían triunfado y que la gente lo reclamaba a él, volviendo a escena a saludar ante un público enfervorecido, y con los músicos de Clapton haciendo señales de aprobación desde su espacio.

A partir de ese momento dejaron de llamarle Miguel Serrano, pasando a ser «Mad Mike». Los contratos llovían y el caché se disparó. En poco tiempo llenaron la agenda, pero en el siguiente concierto se oían gritos con expresiones como: «Eh, Jerry, tira el piano», «Quémalo»... No les importaba si tocaba bien o mal o incluso si no sabía tocar, lo que le pedían era que destrozara el piano, algo que no entraba en sus planes y más ahora que estaba arreglado, por lo que no lo hizo, recibiendo múltiples insultos y abucheos como toda ovación. No podía dar crédito a lo que oía, por lo que las lágrimas fueron sus compañeras durante toda la noche. Al día siguiente, tenían que actuar por segunda vez en el mismo sitio con un público que tenía idénticas pretensiones que el del día anterior: «Tíralo», «Quémalo», «Destrózalo»...

Miguel derrochaba técnica y sensibilidad, pero las voces cambiaron a «Fraude», «Estafador»... entonces se puso en pie y miró fijamente al público mientras sus compañeros seguían tocando expectantes. Su expresión, levantando la lata que tenía junto a la pata izquierda del piano, era aterradora. Roció el instrumento y se roció él también, prendiendo fuego a ambos ante la estupefacción de los presentes. Tocó de forma salvaje hasta su rápida muerte, abrasado ante una audiencia enloquecida, efervescente, ensordecedora que gritaba «*burning man*», «*burning man*», «*burning man*», convirtiendo automáticamente al desquiciado músico en una leyenda que corrió de boca en boca durante mucho tiempo, extendiéndose como la pólvora hacia los cuatro puntos cardinales, aunque él... él no se enteró de nada.

Country boy

«¡Mateo, deja ya la guitarrita, que haces falta aquí!».

Mateo era un tipo feliz. Era pescador y faenaba en un barco que salía cada mañana a las seis en punto, y volvía rodeado de gaviotas a las seis de la tarde. Doce horas de trabajo y ocho días libres al mes.

Siempre hacía sus tareas cantando y de muy buen humor, pero... ¿qué cantaba? Poseía un don asombroso, ya que componía instantáneamente sobre cualquier tema que se cruzara en su camino: como un compañero a quien llama su mujer / se ha roto una red / hoy el barco huele mejor / el viento es refrescante... El punto álgido del día, estaba en el desembarco, cuando daba su jornada por finalizada. Se recostaba sobre las redes que se extendían en el suelo del pantalán y, con su vieja guitarra, amenizaba a los pescadores de caña y demás moradores tardíos del puerto, siguiendo la misma línea de composición instantánea sobre los temas que desfilaban ante sus ojos y oídos.

Pocos años atrás, a poca distancia de donde se encontraba, se instalaron negocios que florecieron poco a poco gracias al ambiente esnob que comenzó a adquirir la zona y a la mayor afluencia de gente, que tras tomar un helado o una copa, paseaban hasta la bocana curioseando los barcos allí atracados. Muchos de esos personajes se detenían a escuchar maravillados las ingeniosas tonadas de Mateo, que poco a poco fue convirtiéndose en una atracción más, algo que le hacía sentirse importante y muy feliz.

Una tarde de julio, al terminar su jornada, fue a recostarse en las redes como de costumbre, sorprendiéndose al observar que ya había gente esperando su *show* de todos los días. Saludó sonriendo, pero no llegó a arrancar porque un tipo de modales refinados y ropa cara le agarró por el brazo y le pidió unos momentos, en los que le hizo una proposición que le dejó boquiabierto. Le estaba ofreciendo, por hacer lo que le gusta, y ya hacía gratis, más dinero y mejores condiciones de las que tenía en su trabajo. Le pareció un sueño y aceptó de inmediato, concretando una fecha para firmar el precontrato y limar detalles.

La oferta todavía le pareció más atractiva cuando hablaron de dietas, de desplazamientos..., de cosas que le sonaban a películas. Él estaba acostumbrado a los bocatas y túpers de su madre, a viajar en autobús... El día 9 de septiembre, acudió con las piernas como un flan a la calle del Mar, donde le esperaba aparcado un lujoso UBER para llevarlo a Madrid. Subió haciéndose pequeño ante la situación y la conductora, muy amable y elegante, que le ofreció un café o un refresco que rechazó porque pensaba que tendría que pagarlo y que iba a ser caro.

Completaron el trayecto en menos de cuatro horas, parada en La Roda incluida. Estudios Nuevas Producciones en Boadilla del Monte. El vehículo le dejó en la misma puerta, donde una agobiante pareja le llevó hasta un despacho en el que los contratos, las condiciones, los porcentajes y demás *mamolas* en las que nunca había pensado le terminaron de abrumar, estallando y pidiendo salir de allí porque le faltaba el aire. La pareja le persiguió por los pasillos rogándole que se calmara, algo que, evidentemente, no era tan fácil, así que le acompañaron hasta la puerta y se sentaron en los escalones. La mujer hizo una llamada muy corta y al momento apareció un señor de aspecto afable y tranquilizador, que entre sonrisas y apretones de hombro le convenció para volver al despacho, uniéndose a la reunión y traduciendo el complicado lenguaje de la negociación a algo más asequible para Mateo.

De aquella palabrería sacó la conclusión de que él solo tenía que cantar y que le iban a pagar por ello. Sobraba.

Mateo se instaló en el apartamento que le habían proporcionado y se aclimató a base de paseos por los alrededores.

El lunes comenzaría el trabajo. Fueron a buscarlo y lo llevaron a un estudio en el que simplemente tendría que hacer lo que ya sabía, pero rodeado de un equipo de gente que iba grabando y transcribiendo todo lo que él cantaba. La mañana, y el resto del día, concluyeron en una pérdida de tiempo, así como el día siguiente, cuando al final de la jornada apareció el señor que tanto le relajó a su llegada para volver a hablar con él —¿era un tranquilizador profesional?—. Hablaron largo y tendido de por qué aquí, con toda la oferta de personal y tecnología que ponían a su disposición, no era capaz de conseguir ni de lejos aquello que hacía con suma facilidad sobre un montón de redes con olor a restos de pescado pudriéndose al sol.

No llegaron a ninguna conclusión, por lo que las infructuosas jornadas de trabajo siguieron a lo largo del resto de mes, a cuyo fin el señor amable dejó de serlo: le «sugirió» la rescisión del contrato, que Mateo llevó a cabo como una liberación.

Mateo volvió al puerto, donde retomó entre abrazos su antiguo trabajo y siguió con sus viejas costumbres de «veo y compongo, u oigo y compongo».

El público nunca le faltaba, y cada vez se hacía más sofisticado y numeroso. No llegaba a comprenderlo, pero le hacían sentirse cómodo y feliz y, al fin y al cabo, eso era lo más importante en su vida.

El tiempo fue pasando, y un día gris en el que caían algunas gotas, le trajo, enfundado en una gabardina del color del día, al «tranquilizador» y a su extensa y relajante sonrisa. Se alegraron mucho de verse, saludándose efusivamente y terminando en la taberna del puerto para celebrar su reencuentro.

—Mateo, amigo, voy a contarte algo que otros no harían, pero yo sí porque me caes muy bien. Somos amigos, ¿no?

—Claro, Arturo, me ayudaste mucho desde el primer día. Tú eres un colega de verdad.

—Eso seguro y te quiero decir que eres uno de los artistas más completos con los que he trabajado, aunque no hayamos logrado nada provechoso, y eso tiene un porqué: tú necesitas crear en tu entorno, solo sabes expresarte aquí, donde nadie te presiona.

—Claro, porque siempre lo he hecho aquí, sin pensarlo, ¡yo qué sé!

—Sí, ya nos hemos dado cuenta todos, pero en la compañía se trabaja solo de la forma que viste, no puede ser de otro modo.

—Pues eso, por eso mismo me habéis echado.

—Vale, Mateo, yo te propongo otra forma de hacerlo: traigo un equipo discreto y vamos grabando, les llevo las tomas y veremos si lo compran. ¿Qué te parece?

—No sé, yo confío en ti. Tú haz lo que quieras, pero yo no me voy otra vez a Madrid ni...

—Naaada, tú sigue con tu vida porque no te vas ni a enterar.

«Mr. Tranquilizador» instaló un equipo de grabación que se camuflaba en el entramado de redes y aparejos, que previamente había adquirido, alquilando el espacio para que nadie moviera nada durante el tiempo que durara la grabación. Entonces desapareció.

Mateo siguió con su vida sin apreciar nada fuera de lo común, por lo que pensó que su «amigo» había desistido, volviendo a Madrid y olvidándose del tema. Iba cada tarde, al terminar su jornada, a sentarse en el montoncito de redes de costumbre y a cantar sobre sus vivencias del día a día, y el público, ya fiel, a escuchar y a pasarlo bien.

Los aficionados al blues convirtieron el sitio en un lugar de culto, y su popularidad iba creciendo hasta el punto de atraer a pequeños comerciantes y artesanos que instalaban puestos para vender objetos como carteras con cadena, anillos, sombreros y gorras. También se intercambiaban noticias y grabaciones, una de las cuales llegó a Mateo de la mano de una chica delgada con un sombrerito, falda ancha y zapatillas de *lindy hop*, con la intención de que se la dedicara.

—Hola, Mateo. ¡Enhorabuena! ¿Me lo firmas?

—¿Qué quieres que te firme?

—Es para mi hermana, Loli, que no ha podido venir...

—Es que no sé qué es eso y... ¿por qué quieres que te lo firme?

—Es el disco que has grabado, y además creo que es aquí mismo.

La cara de sorpresa de Mateo era para ponerle un marco.

—Venga, no seas modesto, que es una pasada.

Firmó el CD y lo miró bien. Tenía el sello de la compañía, estaba producido por Arturo Ternero bajo el título *Blues en el puerto* y la portada era una foto suya tocando sobre los montones de redes, aunque... su nombre no aparecía por ningún sitio.

Terminó la sesión y volvió a casa pensando en ello: le habían estado grabando sin que se diera cuenta y lo habían publicado. Por un lado, en su inocencia, se sentía muy orgulloso de ser el protagonista de un CD, pero por otro lado tendrían que haber contado con él, ¿no? ¿Deberían haberle... pagado?

Lo primero que hizo al llegar a casa fue llamar a Arturo, que no contestó. A lo largo de dos días fue repitiendo constantemente la llamada hasta que halló respuesta:

—Hombre, Mateo, ¿qué tal?

—Hola, Arturo te llamo por el CD que...

—Ya, ya, pero eso son cosas que pasan. Yo te avisé de que te grabaría y no te importó, así que ha quedado como eso, como una grabación de alguien que toca en la calle. No te corresponde nada, ¿sabes?

—Ah, vale, lo suponía, pero... me preguntaba si podrías darme dos o tres discos: uno para mi madre, uno para mí y uno para mi jefe. Tres.

El silencio se hizo durante un momento en la línea.

—Claaaro, hombre, te mandaré una caja con diez CDs para que los repartas en tu trabajo. ¡Y gracias por todo! ¡Un abrazo!

Arturo colgó el teléfono, echó la silla hacia atrás y se quedó pensando en el pobre infeliz de Mateo. No podía reprimir una risa lasciva.

—Jugada redonda —le dijo a su secretaria, que lo miró, y con media sonrisa y un movimiento de cabeza contestó:

—Pero mira que eres hijo de puta.

Y allí se quedaron los dos riéndose del pobre Mateo y planeando dónde podían ir a almorzar, porque escrúpulos no tenían, pero los buenos negocios les daban un hambre...

Desatado

José María estaba desatado. Su vida se había desmoronado en una semana, ya que su banda de *rock & roll*, que tan buenos momentos le hacía pasar, se había disuelto en una explosión de caracteres que había llevado a dos de sus miembros a pegarse salvajemente por... por una chorrada, pero que al parecer venía de muy lejos y ninguno de sus miembros había visto crecer. Una chorrada gigante y muy importante, al menos para uno de ellos.

Por otro lado, vivía un matrimonio muy conflictivo, con multitud de deslices por uno y otro lado, que llevaron a su total disolución al mismo tiempo que la del grupo.

Tenía que reiniciar su vida, reinventarse de algún modo, por lo que dedicó el verano a ir de festival en festival en donde llamaba la atención por su avanzada edad con respecto al resto de asistentes. Estuvo hasta en un festival de *country* donde adquirió un enorme sombrero y un llamativo chaleco con flecos y conchos.

Nada le llenaba, ni siquiera le compensaba en su aciaga existencia vaciada repentinamente, a pesar de que intentaba rellenarla con alcoholes y exquisitas y variadas viandas, procurando de momento, evitar otras cosas que le estaban tentando, y mucho. Todas las propuestas le parecían penosas en comparación con lo que tenía y perdió, hasta que asistió al incipiente festival de blues de Aguadulce. El concejal de cultura se había venido arriba con esta novedad para el pueblo y ciertamente estaba resultando muy enriquecedora en cuanto a ambiente, y no digamos económicamente, puesto que el público consistía en gente acomodada de mediana edad a quien se ofrecía buena música, relax, comida variada y una preciosa playa.

José María iba de escenario en escenario y de cerveza en cerveza convencido de que iba a ser más de lo mismo. Salía del *pub* La Plaza con una enorme pinta en la mano, dispuesto a disfrutar de la actuación Vermouth blues, de JS trio, cuando tropezó con una mujer que llevaba otra bebida similar, remojándose mutuamente ya que el impacto fue frontal. La primera reacción no fue buena, pero luego mejoró:

—¡Joder, tío!, mira cómo me has puesto.

—Tranqui, que ha sido un accidente.

—Ya, no pasa nada, tenía ganas de cerveza, aunque no por encima del pantalón.

—Bueno, todo tiene solución. Te invito a una ronda si te parece bien.

—Mmmmm, vale, te acepto la propuesta.

Se acercaron a la barra, que al haber empezado la actuación estaba algo más despejada, y pidieron un par de pintas. Se quedaron dentro ya que se oía bien al grupo y se estaba más fresco, aunque ya fueran bastante frescos por la cerveza que se habían derramado.

—Soy María José, ¿y tú?

—Yo soy José María, ¡ja, ja, ja!

—Graciosillo el chico, ¿no?

—¡No, qué va! Es que me llamo así, ¿de dónde eres?

—De Elche.

—¡No jodas!¡Yo también! ¡Ja, ja, ja!

—Ah, pues no te había visto nunca por allí. ¡Qué casualidad!

—¿Conoces a los Desestimados? Yo era el guitarrista. Tocábamos mucho, pero el grupo se disolvió. Fue una pena, pero está claro que todo tiene su principio y su final.

—¿Si?, ¿y tocasteis en una boda en el Hotel Huerto del Cura hace unos cuatro años?

—Efectivamente, era la boda de un abogado y éramos el regalo de un grupo de amigos. Una boda de estirados y de tacaños, porque no nos invitaron ni a agua.

—Fue mi boda.

—¡Vaya! A esto le llamo meter la pata hasta el fondo.

—No, no te preocupes, estaba destinada al fracaso. Nos hemos divorciado hace unos meses después de cuatro años de mierda y cuernos.

—Pues me parece que tenemos mucho en común, porque yo estoy pasando por una situación similar... ¡No me digas más! Esto merece que nos vayamos a comer... ¡Uy!, a lo mejor me estoy pasando, ¿vienes acompañada?

—Sí, con dos amigas a quienes no les importará que nos vayamos a donde sea.

La mujer lo agarró del brazo y salieron del bar olvidando al grupo.

Asador El cordero. Les pareció perfecto y allí se dieron un homenaje por todo lo alto, con vinos muy escogidos y la carne más cara de la carta, llevándoles todo ello a probar el postre ese por el que le dieron la estrella Michelín, y a pelearse por pagar la elevada cuenta.

Todo iba de maravilla, pero incomprensiblemente en estas situaciones, en lugar de llevarlos a una «siesta-fiesta», el momento les condujo a seguir en el festival y asistir al siguiente concierto en el escenario de la tarde.

El primer grupo les hizo disfrutar de un blues, que más bien se acercaba al *rockabilly*, con Martita y los Zapatones: diversión, cerveza, más cerveza, mucha risa... una tarde perfecta que tuvo como colofón un paseo por las calles menos transitadas, fuera ya de la zona del festival. Fue entonces cuando sonó el móvil de María José, quien en principio lo dejó sonar y luego lo miró, para responder inmediatamente:

—¿Qué pasa? Tengo cinco llamadas tuyas.

Se alejó para seguir hablando. Algo no iba bien, confirmándose a su regreso con semblante serio y despedida:

—Me voy, ha pasado algo y tengo que volver a casa.

—Si necesitas ayuda o que te acompañe...

—No, no, ya me apaño, gracias —contestó con sequedad.

Y allí se quedó José María con tres palmos de narices, solo y sin explicaciones. Por suerte quedaba festival y había que disfrutarlo, así que siguió con su hoja de ruta musical.

Una vez en casa la vida siguió y José María volvió a las andadas musicales formando el grupo Mucho Chupito Blues Band con el que regresó al circuito de actuaciones que frecuentaba: bares y pequeños festivales. Su vida amorosa arrancó de nuevo aunque de forma diferente, en una relación abierta con Aurora, con quien pasaba los fines de semana y «respiraban» entre semana, tiempo en el que se permitían algún que otro escarceo externo de forma consentida. No estaba nada mal su nueva vida.

Un viernes por la tarde paseaban por La glorieta en dirección a un conocido bar de tardeo, cuando se cruzaron con una pareja que llevaba un carrito con un niño pequeño. La esquivaron sin siquiera mirarlos, pero a pocos pasos José María se volvió hacia la pareja al tiempo que la mujer giraba la cabeza, encontrándose las miradas de José María y María José y comprendiendo muchas cosas al mismo tiempo. María José levantó la mano despidiéndose y le obsequió con lo que pretendía ser una sonrisa y quedó más bien en una mueca.

Siguieron sus caminos antes de que sus respectivas parejas comenzaran a preguntar y ellos a simplificar lo que pasó: un amigo-una amiga que conocí en un festival.

José María se hundía y se hundía, no era consciente de lo mucho que le afectó haber conocido a María José. Su carácter cambió, su relación terminó, la nueva banda se disolvió, su trabajo hacía aguas, sus hábitos alcohólicos eran crecientes... Necesitaba ayuda, así que fue a ver a un psiquiatra y este le derivó a un psicólogo.

María Hernández Antón. Psicóloga. Parecía una buena elección, o la verdad le daba un poco igual porque ¿qué más da un psicólogo u otro?

Pues sí, ¿qué más da un profesional u otro si se supone que todos saben hacer bien su trabajo?

Apenas entró en la consulta comprendió que no era lo mismo puesto que María JOSÉ Hernández era ¡María José! Se quedaron helados al verse. José María identificó al instante la causa de sus problemas y María José, muy nerviosa cerró la puerta y le dijo:

—A ver, José María, pasamos una bonita tarde y punto. Yo estaba embarazada y decidí seguir mi vida, no te pienso dar más explicaciones y tampoco entiendo que me hagas un seguimiento y te presentes en mi consulta.

—¡Oye, oye! Que aquí nadie te ha hecho seguimientos, que me han recetado unas sesiones porque estaba hecho polvo, pero a lo mejor tú las necesitas más que yo.

—Sí, y encima eso, ¡lárgate de mi vista y que no te «receten» nada más que tenga que ver conmigo!

José María se largó dando un portazo que asustó al chico de la recepción. Cuando salió a la calle hervía de rabia y se fue a dar un paseo, en el que meditando, meditando llegó a la conclusión de que no da igual un profesional u otro porque encontrar a María José... ¡le había dejado como nuevo! Se subió la solapa y se fue a buscar a Aurora, con quien a lo mejor todavía terminaba el día con fuegos artificiales.

El antiguo

Antonio era un hombre antiguo. Tocaba en orquestas desde muy joven, pero la construcción llamó a su puerta ofreciéndole mejores remuneraciones y mayor estabilidad laboral. Dejó aparcada la música, guardando cuidadosamente su Fender Jazz Bass de 1974 y su amplificador Musicson Suprem 2000, que quedaron olvidados en el trastero de la casa de sus padres.

Todo llegó al mismo tiempo: la crisis, la muerte de sus padres y la emancipación de sus dos hijas que encontraron trabajo en Alemania... movilidad, que le llaman algunos.

Cuando vaciaba el trastero, que le había tocado en herencia, encontró sus joyas olvidadas, pero al enchufarlas comprobó que no funcionaban. Las llevó a un técnico y, a pesar de ser reparaciones de poca envergadura (un transistor y un potenciómetro), resultó en un montante bastante alto.

No se veía viviendo del paro cuando podía retomar su anterior actividad, de modo que comenzó a llamar a sus antiguos contactos, quienes ya se encontraban fuera del negocio. En la búsqueda tropezó con Freddy Fernández, un excompañero que formó su propia empresa a partir de la orquesta. Fue a visitarlo con toda la seguridad del mundo porque se sentía un veterano, pero iba a descubrir que las cosas habían cambiado mucho: ya no se tocaba *Los pajaritos* o *La pollera*, o *Mambo nº9*, ahora el repertorio se componía de temas de actualidad, con gente muy joven, de alto nivel y que... no llevaban amplificadores, escuchaban el retorno, según lo que pedía cada músico, por unos pequeños auriculares que se incrustaban en el oído.

Freddy quería darle trabajo, por los viejos tiempos, pero era evidente que no estaba a la altura en ningún sentido, aunque... quizás para el grupo de los centros sociales... podría encajar, puesto que para ello tenía una pequeña orquesta de cuatro piezas: teclado, bajo, batería y cantante, que tocaban mucho repertorio antiguo, así que se la ofreció y él aceptó encantado. Se cobraba suficiente y lo iba a pasar bien.

Cuando llegó al primer ensayo conoció a los músicos: un chico joven, algo amanerado, que tocaba el teclado, una chica que cantaba y otra ¡que tocaba la batería!

Lo primero que hicieron fue admirar su bajo *vintage* y reírse de su amplificador al que llamaban «el muerto», pero bueno, él se adaptaba a todo, así que comenzaron a ensayar y llegó el día de su primera actuación: Hogar del Jubilado de Aspe.

Montaron el equipo y, cuando llegó la hora del bolo, la cantante salió a escena con una minifalda que podríamos llamar micro falda y un top de lo más sensual, y la batería con unas mallas cortas muy apretadas y un top similar al de la cantante. En el teclista ni se fijó.

Mientras tocaban se le iban los ojos, ahora hacia delante, ahora hacia atrás; no estaba acostumbrado a trabajar con mujeres y aquello estaba pudiendo con él, hasta el punto de que sus compañeros se dieron perfecta cuenta de lo que ocurría y de que estaba afectando al rendimiento de la banda. Hubo que llamarle la atención, papel que tomó José Luis, el teclista, diciéndole de muy malas maneras que se centrara en lo que estaba haciendo. A eso sí que estaba acostumbrado y lo hizo lo mejor que pudo dadas las circunstancias.

El siguiente bolo era en Almería, en una feria de esas que montan para gente mayor, y había que hacer noche.

Antonio estaba «encendido». La minifalda de la cantante le parecía más corta todavía, y esta vez la batería ¡llevaba una también!, lo que provocaba que Antonio hiciera esfuerzos enormes para no mirarla, puesto que para tocar ¡necesitaba tener las piernas abiertas!

Lo estaba pasando muy mal... o muy bien, no sabría qué decir.

Al acabar la actuación, recogieron y se fueron al hotel sin mediar palabra. Ducha y reunión en la habitación de José Luis, donde abordaron el problema directamente y Antonio se defendió echando balones fuera porque no quería reconocer lo que le estaba ocurriendo, hasta que Marga, la cantante, cortó en seco y mirando fijamente a Antonio le dijo:

—Compañero, no sé si te has dado cuenta ya de lo que pasa, pero aquí tenemos por costumbre tener sexo después de tocar, cuando se puede, claro... ¿Tú quieres participar? Sin compromiso, ya sabes.

Se hizo un silencio en el que se oyó perfectamente cómo nuestro protagonista tragaba saliva, y con los ojos muy abiertos dijo:

—Sí... claro.

A continuación las dos chicas se dieron un largo beso y comenzaron a manosearse mutuamente. Antonio estaba petrificado porque nunca había presenciado algo igual, y tan de cerca, pero al mismo tiempo sintió la enorme y húmeda lengua de José Luis sorbiéndole la oreja y como un resorte se puso en pie gritando.

—¡Eh, no!, ¡esto no! Yo me voy a mi casa, me lo dejo...

Sus compañeros lo sujetaron tanto como la risa les permitió, explicándole que era una broma, porque querían hacerle entender que los tiempos habían cambiado y tenía que adaptarse. Se quedó muy serio y tenso hasta que, ya algo más tranquilo, invitó a sus compañeros con el contenido del minibar, que ya descubriría más tarde cuánto le iba a costar la broma.

José Luis remató planteándole que si estaba más relajado, le había gustado el lengüetazo y quería probar algo nuevo...

Pero la mirada de Antonio lo dijo todo, y las carcajadas del resto también.

Artista

¡Señoras y señores! ¡*Ladies* & *gentlemen*! ¡Con todos ustedes la gran Luisa Martínez!

No, no, por favor, qué nombre más corriente tengo. Los grandes se llaman con nombres que «peguen» como Janis Joplin, Adele, Aretha Franklin... Necesito algo que llame la atención, que cuando lo oigas pienses: «Esa tía es grande, esa tía mola, esa tía es una gran artista».

Ya lo tengo: voy a llamarme Lumart, sí, eso puede estar bien, o Isa Ninez... ¡no, no, no! El primero está mejor, ¡es perfecto!, ya lo tengo. ¿Y la ropa? Vaya armario de mierda tengo, todo ropa deportiva y un pantalón vaquero. ¡No puede ser, así no se triunfa! Las grandes van... las grandes van... sí, a ver Google... Adele... imágenes... miraaa, con chaqueta, ¿y esta?, con vestido, ¿y esta?, ¡uy!, pero si va con ropa deportiva... ¡bah!, eso sería en la época que no ganaba dinero.

Bueno, yo voy a prepararme un buen *outfit*, nada de «perroflautadas». Me voy al centro comercial.

A ver esta tienda... ¡Hostias!, a ver esta otra... ¡joder!, estos sí que fuman en pipa... ¡Ahí, rebajas!, uf, ni de coña, si esto es el precio rebajado...

Cuando vaya a casa miraré por internet.

¿Y qué instrumento voy a tocar? La batería mola mucho, pero no tengo sitio para tener una, eso es un bicho muy grande y hace mucho ruido, si no fíjate en los tambores de las procesiones de Semana Santa.

Voy a tocar la guitarra eléctrica que es más fácil, ocupa menos, no se quejan los vecinos y mola mogollón el *look* que te da en el escenario, además ahora hay un *güevo* de chavalas que la tocan, así que voy a por ella.

Aquí, Seis Cuerdas Music Shop.

Buenos días... no, estoy mirando. ¡Vaya fortuna, ya empezamos! Esta, esta, ¡esta mola! Y es barata, ¡me la llevo!

Espejito, espejito, ¿quién es la mejor guitarrista?, ¿quién es la artista más grande? ¡Guau! Esta postura me flipa que te cagas, ¡estoy que me salgo! ¡Yeeeeah!

Pero... esto tiene que estar roto porque suena muy mal y se oye muy floja. Me voy a la tienda, que creo que me han vendido una basura.

Hey, ¿qué pasa con esta guitarra?, ¡suena fatal!

¿Que está bien? Pero si suena horrorosa.

¿Que está desafinada? Pues me la tenías que haber vendido afinada, ¿no?

¿Cómo que si sé tocar?

No, porque me la habéis vendido sin instrucciones, así, ¿cómo voy a saber usarla? Y suena muy floja, ¿no oyes?

¿De qué te ríes, gilipollas?

Sí, sí, devuélveme el dinero que yo eso no lo quiero.

Me voy.

¡Que si sé tocar, dice el burro ese! Entonces, antes de comprarte un horno tienes que ser un panadero experto, ¿no?, ¡bah! Lo que tiene que hacer es funcionar bien y disponer de un buen manual de instrucciones.

De todos modos, voy a dejar la guitarra. Me dedicaré a cantar, que eso sí es lo mío, de hecho creo que nací para ello.

«Aguanbabuluba, yeh, yeh, yeh, shilapiulle», ¡sí, cantante! Lo voy a petar, ¡lo voy a petar!

Y si no, me dedicaré al piano..., o al saxo..., el caso es que soy una estrella y triunfaré de una forma u otra, y si no encuentro el instrumento que me vaya formaré un grupo en *playback* y nos llamaremos... las Barbies depiladas... o las Geyperwomen del desierto... no sé, voy a fluir un poco más a ver a dónde llego, y hasta entonces... ¡pasadlo bien!

El vejestorio

El vuelo de vuelta impacientó a Benito. Tenía ganas de llegar a casa para arrancarle unos *licks* a su nueva joya y contemplarla hasta desgastarla con la mirada.

Cuando llegó a casa repartió besos a toda la familia, como siempre, y se dirigió a su habitación, donde le esperaba Dirty, como él la había bautizado, puesto que el color blanco había degenerado por zonas en una tonalidad amarillenta que le daba un aspecto más de sucia que de usada.

Buscó el estuche que había dejado bajo la cama, que es donde se guardan estas cosas, y encontró un estuche diferente, nuevo, que al abrirlo le heló la sangre ya que dentro reposaba una guitarra con un blanco nuclear que deslumbraba. Era digna de ser expuesta... en un cuarto de aseo. Todo relucía en ella: cuerpo, mástil... ¡hasta el diapasón!

A pesar de su temblor de extremidades salió de la habitación como un poseso, a gritarle a su padre entre lágrimas y mocos que le había destrozado la vida, que lo que le había hecho era un crimen, todo ello aderezado de insultos varios, impropios de un hijo y de un informático de su categoría.

Su padre seguía inmóvil en el sillón y lo miraba entornando progresivamente los ojos.

—Mira que eres desagradecido —le dijo calmado, dada la situación.

—¡¿Desagradecido?! ¿Yo?

—Sí, esa guitarra es mucho más bonita y...

—¡Bonita mierda! Lo que vale de esas guitarras es encontrarlas en buen estado, pero que parezca que tienen la edad que tienen.

—Benito, hijo, eso parecía recogido de la basura y, como ayer fue tu cumpleaños, yo pensaba que...

—¿Pensabas? Pues don Creí-que y don Pensé-que son amigos de don Tonteque. Por cierto, esa expresión me la enseñaste tú. Quiero que te expliques. ¿Quién cojones te dio permiso para llevarla a pintar?

—¡Ya está bien! Yo no he llevado nada a pintar, te he comprado esa por tu cumpleaños, y menos mal que no tiré la otra, que ganas me dieron. Está guardada en el trastero junto a los demás cacharros de la música.

—Papá, yo pensaba...

—¡Ahora piensas! Pues aplícate lo que me has gritado antes, anda.

—Perdona, papi, que me he confundido.

—Pues hala, saca del trastero la mierda esa y que la disfrutes, y tranquilo que no me acercaré más a ninguna de esas «preciosidades» que te compras.

Bueno, la sangre no llegó al río porque los padres tenemos mucho aguante y además antes fuimos hijos, pero Benito padre, por su cuenta y en secreto, comenzó a informarse de qué iba todo eso del *vintage* y del coleccionismo musical, y Benito hijo aumentó el nivel de comunicación con su padre, al menos en cuestiones de guitarras viejas.

Si es que de todos los disgustos se puede sacar siempre algo positivo.

Elvis

Elvis era único en su género, «*one of a kind*», dirían los americanos. Su tupé parecía un muelle y ¡mucho esfuerzo le costaba que luciera así! El resto del *look* lo complementaba perfectamente: zapatos *creepers*, americana 50's y pantalón de pinzas.

Su trabajo le permitía y alentaba a portar un atuendo así y mantenerlo para, al llegar el fin de semana, explotarlo en salvajes *performances* del indiscutible rey del *rock & roll*.

Todo iba sobre ruedas hasta el 17 de octubre del pasado año, cuando conoció a Rosi.

Eran las diez de la mañana de uno de esos días tontos en que no sabes si va a llover a cántaros o a despejar de repente, y tú... ¡hala! A hacer el ridículo todo el día con el paraguas a cuestas.

Elvis era agente inmobiliario y estaba en su ambientadísimo local Sun Properties navegando por la red, ya que a esas horas tan tempranas resulta extraño recibir a algún cliente. Pero ese día no fue exactamente así: entre la llovizna, cubriéndose su trabajado peinado con el bolso, una preciosa *pin-up* llegó dando saltitos entre los charcos con sus zapatos de medio tacón. Entró maravillada del local, ya que desde el nombre del negocio hasta el aseo, cuya puerta estaba forrada de césped artificial con el cartel «*Jungle Room*», una exposición de fotos y recuerdos decoraba la agencia que haría las delicias de cualquier amante del *rock*.

Rosi era una chica rellena, voluptuosa, con curvas muy sexis que remarcaban a la perfección su vestido de confección personalizada, que se coronaba con un magnífico y vistoso escote.

—Bienvenida, señorita —dijo con una reverencia.

—Uf, vaya día... ¡guau! Me habían hablado de este sitio, pero se quedaron cortos.

—Sí, ¡je, je! ¡Ou, yeah! —dijo peinándose hacia atrás—. Es solo un homenaje al rey de reyes. Pero siéntate, relájate.

—¡Ay! Es que me ha pillado esta lluvia tonta... yo venía buscando una casita, un piso pequeño, pero con algo especial, no sé, ¿qué tienes?

—Pues depende de si lo quieres con una, dos o tres habitaciones. ¿Tienes familia? ¿Pareja? ¿En proyecto?

—Noooo, estoy sola, y estoy muy bien —dijo muy coqueta—. Quería algo pequeño con buenas vistas... que tenga posibilidades.

—OK, tengo un par de cosas, pero el que te voy a mostrar primero seguro que te va a gustar.

Le enseñó las fotos de un pequeño estudio.

—No tan pequeño. Me gustaría lo mismo, pero con una habitación que haga de vestidor, porque mis vestidos son un poco...

—Ya, me lo imagino por lo que veo.

—Pues no mires tanto —le dijo insinuante con una sonrisa enmarcada de fuerte carmín.

El siguiente apartamento se acercaba bastante a lo que buscaba y fueron a verlo en directo. La zona estaba muy bien comunicada, el espacio era perfecto, el alquiler asequible y las vistas maravillosas, así que se lo quedó sin dudarlo.

Hicieron todos los trámites esa misma mañana y, a pesar de las notables afinidades en la pareja, cada cual se fue por su lado.

Dos meses después The Rockin' Burguer contrató a Elvis. Era un local nuevo y ambientado en los 50 y con unas hamburguesas de primera calidad. ¡Lo iba a disfrutar!

Al llegar, lo primero que le llamó la atención fue la camarera: ¡Rosi!

Unos abrazos acompañaron al casual encuentro y, tras una noche exitosa y rentable, se quedaron charlando hasta que ella le invitó a su casa, a lo que invita la gente a su casa de madrugada, y pusieron la guinda a la noche con lo que fue el inicio de una relación que ya se hacía esperar.

Pasó el tiempo y todo iba bien, ellos seguían muy ambientados y vivían ese entorno que habían creado, con mucha intensidad.

—Elvis, mañana vienen unos inversores que nos han propuesto abrir dos locales iguales, uno en Benidorm y otro en Alicante. ¿Quieres venir... ? ¿Me estás escuchando?

Estaba ausente. Se había pasado la mano por el tupé y estaba llena de pelos. Era la primera vez que le ocurría y se quedó preocupado, pero lo olvidó enseguida: un chorro de gomina y a otra cosa.

Durante la semana comprobó que aquello iba en aumento, así que alarmado se fue al médico, quien le recetó unas vitaminas sin hacerle demasiado caso, por lo que decidió acudir a una clínica capilar, donde le aplicaron un tratamiento carísimo que no surtió ningún efecto.

La inmobiliaria iba de mal en peor, por lo que achacando el tema al estrés, o quizás el estrés que le producía su alopecia le afectaba laboralmente... ¡Quién sabe!

Una noche, mientras cenaban en su preciosa terracita con vistas, Elvis bombardeaba a Rosi con historias del *rock*, pero esta parecía ausente mirándole fijamente el tupé hasta que le interrumpió diciéndole:

—¿Sabes que te estás quedando calvo?

El calor corporal en aumento abrasó a Elvis hasta hacerle explotar sonrojado y rabioso.

—¡Joder, siempre igual! Vete a la mierda un rato. ¿Te digo yo lo gorda que te estás poniendo acaso?

Se hizo el silencio en la pareja y en silencio brotaron las lágrimas y resbalaron por el maquillaje de Rosi, que se levantó y se encerró en el cuarto de baño. Elvis moría de vergüenza y no entendía su salida de tono. Fue a pedirle perdón, pero tenía la puerta cerrada y no se oía nada, así que desde allí le dio todas las disculpas de las que fue capaz y ella salió con los ojos hinchados en dirección a la calle dando portazos. No regresó en toda la noche y Elvis no durmió, plantándose en el trabajo de Rosi a primera hora y poniéndose de rodillas ante ella y todos los presentes.

—Anda, levántate y no me avergüences más.

—Perdóname, por favor, no era yo en ese momento.

—Ya, pero sí que era yo quien recibía los improperios.

Se puso de pie y salieron a tomar un café en el que se dieron y recibieron todas las explicaciones posibles. Todo volvió a la normalidad, si puede llamarse así, a la progresiva e imparable pérdida de cabello en un antaño poblado y lustroso tupé, referencia indispensable para identificar a cualquier *rocker* que se precie. Elvis cayó en una profunda depresión, que tocó fondo cuando un miércoles cualquiera encontró vacío el enorme vestidor de Rosi. Esta vez clavó las rodillas en el suelo sin postureo, sin sobreactuación. Estaba hundido, calvo y sin su *pin-up*. ¿Qué le quedaba en este mundo? Mientras se deslizaba hacia el infierno escuchó la cerradura y pensó que ya no podía ser peor. ¿Se le había olvidado algo?¿Quedaba alguna deuda que reclamarle?¿Iba a reírse de él?¿Venía con un viejo amigo?¿El coche la dejó tirada? No. Aquella preciosa *pin-up* llegó con un *look* totalmente diferente: llevaba la cabeza afeitada, los labios pintados de negro y lucía en su calva un hermoso y colorido tatuaje de un caballo rampante con un esqueleto sudista que enarbolaba un sable y una bandera.

Le abrazó, le besó, y agarrándolo por las mejillas le hizo mirarla a los ojos y le dijo:

—Siempre adelante. Esta noche vamos a ver a los Rockin' Demons en el 16 toneladas. Son la leche, y la tendencia es: todos con la cabeza afeitada y con *tattoos*... como ellos. Se acabó Elvis, que estaba de moda hace setenta años. ¡*Keep on rockin'*!

—Pero, Rosi, tu pelo, tu *look*, tu...

—Quien quiera seguir anclado en los 50 allá él, pero nosotros vamos a seguir avanzando, viviremos el *rock and roll* pero sin que acabe con nosotros. ¿Qué culpa tenemos de que los *rockeros* mueran jóvenes?, ¿y quién sabe si Elvis llevaba peluca en los setenta? ¡Carl Perkins la llevaba! Pero nosotros no, nosotros viviremos con lo que nos venga.

Y Elvis se levantó, echó su escasa cabellera hacia atrás y sonriendo entre lágrimas gritó:

—*Keep on rockin'*.

Y abrazó a Rosi, aunque enseguida la soltó y con mente suspicaz le preguntó:

—¿Dónde está tu ropa? Pensaba que te habías ido.

—Nunca —le dijo abrazándolo cariñosamente—. La he vendido, y me he sacado una pasta que voy a invertir en mi nuevo y maravilloso *look*. ¡Te va a encantar!

Lo que no sabemos es lo que pasó después porque he perdido la pista a la pareja. ¿Superó Elvis su depresión? ¿Encontró Rosi su *look* ideal? ¿Siguieron juntos? ¿Fueron felices?

No creo que comieran perdices porque eso ya no se lleva —hay que ir a cazarlas o comerlas enlatadas— así que lo que viene, ya es parte de otra historia.

Historias de mucho amor

Una historia de amor es algo que no ocurre todos los días. Es algo que mucha gente no conoce y que probablemente nunca conocerá porque: ¿cuántas posibilidades tienes de que el amor de tu vida, tu media naranja sea tu compañero del colegio, o pertenezca a tu pandilla de juventud, que coma pipas en la plaza de tu pueblo o que sea la mejor amiga de tu hermana? Pero sobre todo, ¿qué posibilidades existen de que os encontréis y consolidéis la relación entre los dieciséis y los veinte años?, ¿y a la primera?

«¡Oye, que yo estoy felizmente casado!».

Dice siempre Roberto cuando sale el tema de que este, o esta, o aquel, o aquella ha tenido una aventura o ha encontrado a su pareja ideal a los cincuenta años después de una larga vida de soltería, que alguien ha tenido una doble vida virtual, o en vivo, o que...

«Eso son locuras y tonterías, yo estoy felizmente casado con mi novia del instituto, ¿y qué pasa? ¡Vosotros, que no sabéis elegir!».

Roberto y Marina eran una parejita ideal. Siempre iban cogidos de la mano, disfrutando de una inalterable rutina con paseos de seis a ocho que acababan cenando en la terraza acristalada en invierno, y con los ventanales abiertos en verano.

Roberto practicaba con su piano media hora antes de acostarse, con auriculares, claro... por los vecinos, mientras Marina dormitaba ante el televisor, porque había estado estudiando el saxo por la mañana. Los domingos, temprano, tocaban juntos un rato y después salían a tomar el aperitivo a la Plaza Redonda en perfecta armonía, coronando la semana.

Un martes por la mañana, Marina estudiaba, esta vez el clarinete, porque es un instrumento muy similar al saxo y también lo dominaba, cuando sonó el timbre.

—¿Quién es?

—Soy el vecino de abajo.

«¡Qué vergüenza! —pensó—, vendrá a quejarse del volumen».

Abrió la puerta dispuesta a dar mil explicaciones y disculpas, pero se encontró con un hombre muy correcto y bien vestido, que llevaba un maletín y una sonrisa.

—Hola, soy el vecino del piso de abajo. Llevo tiempo escuchándola y me preguntaba si le gustaría que tocáramos juntos alguna pieza, ¡yo también soy músico!

Pensó de todo, pero todo malo: me quiere robar, no lo conozco, va a violarme...

—No, lo siento, estoy muy ocupada y me disponía a salir ahora mismo —respondió cerrando la puerta con muy mala educación.

Esa misma tarde, cuando bajaba a la calle, el ascensor se detuvo en el piso de abajo y tras un educado «hola» y la consabida sonrisa, compartió cabina con el vecino. No sabía qué decir porque muy agradable, muy agradable no había sido con él, pero... ¿de qué lo conocía? ¡Pasaban tantas cosas raras por el mundo!

Dos días después volvieron a coincidir, volvieron a sonreírse... Y no pudo aguantar por más tiempo el sentimiento de culpa, diciéndole:

—Quería disculparme contigo. La primera vez que nos vimos no estuve muy...

—Ah, no te preocupes, tienes toda la razón: me presenté sin avisar, y no se puede dejar entrar a cualquier desconocido a casa.

—Sí, está claro, pero yo no suelo ser tan cortante. Te ruego que me disculpes.

—Pues nada, disculpada estás, ¡ja, ja, ja! —En ese momento llegaban a la calle—. ¿Aceptas que un desconocido te invite a un café?

—No, porque soy yo la que invita, que además salía a desayunar.

Se sentaron en una terraza y en una animada charla se conocieron y mostraron sus aficiones.

Alfredo, que es como se llamaba su vecino, era violinista de profesión. Compaginaba la docencia en el conservatorio, la composición y las actuaciones en directo con una orquesta de cámara con la que realizaba frecuentes giras por la península.

—¿Sabes? Llevo escuchándote desde que me mudé y tu sonido de saxo me parece muy bueno, pero cuando tocas el clarinete subes a un nivel divino. ¿No has pensado en seguir estudiando? Pareces nacida para esto.

—Sí, lo he pensado alguna vez —respondió sonrojada—, pero creo que no voy a dar la talla, ya que mi formación es de banda y autodidacta.

—¡Qué va! Si oyeras a la mayoría de mis alumnos te asustarías. Acércate un día, te presento a quien sería tu profesor y haces una prueba, tocáis un poco...

—¡Uf, no! Solo de pensarlo ya me pongo nerviosa.

—¡Ja, ja, ja! Pues sí que te pones nerviosa por poco. Mira, ya nos conocemos más y vas descartando mi faceta de asesino en serie, además puedes dejar una nota a tu marido y a la policía contándoles dónde estás. ¡Ven a mi casa y tocamos un poco!, ¿vale?

Se sonrojó, lo pensó un momento y le pareció buena idea, así que:

—¡Vale!, pero no te rías mucho de mí.

—Reírse es bueno, pero no de los demás. ¡Hala, vamos!

Fue a su casa a coger el clarinete y bajó al piso de Alfredo. Tenía una vivienda muy acogedora, pequeña, diáfana y centrada en el estudio del violín frente a un ventanal que daba a la Calle Almirante.

Alfredo eligió una partitura sencilla, pero muy alegre y agradable de tocar, por lo que los resultados fueron muy del gusto de los dos músicos. Pasaron una interesante mañana que se repitió hasta convertirse en costumbre. Quedaban todos los martes y jueves porque Alfredo libraba por la mañana.

Marina, curiosamente, no contó nada de esto a su marido. La confianza fue creciendo entre los dos músicos, dando pie a que un día, el violinista se vistiese con unas mallas que no dejaban mucho trabajo a la imaginación. Era la viva estampa de un efebo romano y Marina no sabía hacia donde mirar, dando fin a la sesión con una excusa inverosímil.

Ya en casa, no pensaba en otra cosa. Tenía su imagen grabada a fuego, sobre todo de la cintura hacia abajo, y eso la desequilibraba, ya que toda su vida estaba organizada minuciosamente y ahora se desmoronaba por momentos: no se comportaba con normalidad ni con su marido ni con Alfredo, aunque la balanza se estaba inclinando peligrosamente hacia el piso de abajo.

El jueves no asistió a su cita «musical» porque se veía incapaz. Según avanzaba el fin de semana, su cabeza la desplazaba hacia escenas húmedas, salvajes, eróticas... ¡pornográficas!

Miraba a su marido y luchaba por no decirle nada, hasta que el martes a primera hora, al borde de la locura, se presentó en casa de Alfredo. Cuando este abrió la puerta, todavía en pijama, lo empujó hacia dentro, lo besó salvajemente y buscó con su mano dentro del pantalón, sin tener claro si prefería explorar por delante o por detrás.

Alfredo la frenó con mucho cariño y la acompañó al sofá, la hizo sentarse, se compuso del apasionado ataque sufrido y le ofreció un té con la intención de rebajar el desconcertante momento.

Marina estaba muy avergonzada, ya que imaginaba su iniciativa de una forma muy distinta, con los dos arrancándose la ropa brutalmente y rodando desnudos por el suelo sin preocuparse de aquellos objetos que iban rompiendo o tirando en sus lujuriosas acrobacias, pero en cambio estaba ante el mismísimo adonis planteando... ¡una conversación!

—Marina, soy gay —dijo mientras ponía el agua a calentar.

La vergüenza se la comía. ¿Cómo era posible? En ningún momento había mostrado actitud alguna que la hubiera hecho sospechar. No tenía «pluma» en absoluto... Quería morirse.

Alfredo se agachó y la cogió de las manos.

—Tranquila, no ha pasado nada, por mí no tienes que preocuparte porque ya está todo olvidado. Somos amigos, ¿no?

Se sentó junto a ella y la abrazó para consolarla, pero Marina le dio un codazo y le dijo:

—No. No hagas eso, por favor.

Se levantó y se fue a su casa, donde lo primero que hizo fue darle una furiosa patada al saxo que la esperaba colocado en su pie. Se hizo mucho daño, así que lo cogió y junto al clarinete los vendió en la tienda de objetos de segunda mano que había al final de la calle. Tiró todas las partituras al contenedor azul y salió a comer, se dio una caminata y volvió a casa más relajada.

Su marido llegó a las cinco del trabajo y se dispuso a cambiarse de ropa para salir a dar su paseo diario, pero Marina no se movía del sofá.

—Cariño, ¿te pasa algo?, ¿no te cambias?

—¿Que si no me cambio? Estoy hasta el culo de los paseos. Vete tú si quieres.

Se sorprendió e intentó conciliar:

—Está bien, si no te apetece salir podemos quedarnos en casa, o si quieres podemos tocar un poco...

Le lanzó el cenicero de mármol que puso en la lista de bodas, y que les regaló su tía Enriqueta, con tan mala fortuna que rompió el televisor.

Le gritó, le insultó, intentó pegarle... se volvió loca y le arrojó su frustración. Pero esta escena no fue más que el revulsivo que le hizo darse cuenta de que la vida que llevaba no era la que quería en ningún sentido, así que hizo las maletas y se marchó.

Roberto pasó por una gran depresión, pero como de todo se sale tarde o temprano, al cabo de un tiempo se dispuso a retomar su vida. Soportaba los cuentos de sus amigos sobre sus maravillosas vidas, de parejas felizmente casadas, ironías sobre que el amor se encuentra a los dieciséis años en el instituto... Aguantó muchas chanzas hasta que apareció Lola.

Lola era una cantante de *jazz* aficionada. Era amiga de su amigo Luis, quien se la presentó entre guiños e indirectas que eran muy directas para todos, pero que no impidieron a la pareja conocerse mejor y establecer una relación que le convirtió en otra persona. Una nueva persona carente de rutinas, que enfocaba cada día como una novedad y apuraba al máximo los momentos que le brindaba la vida. Comenzó a dar conciertos con Lola y acabó dejando su trabajo para vivir únicamente de la música. Vendió su casa y pasó a vivir de alquiler, invirtiendo el dinero conseguido en viajes catalogados de «inolvidables».

Una de las mañanas que fue a desayunar frente al mar, se encontró cara a cara con Marina. La notó demacrada y con expresión triste, pero mintió con un: «Te veo muy bien», que sirvió para que ella le explicara parte de su anodina nueva vida. Alfredo le apretó el hombro y le sonrió mientras se despedía con un: «No te entretengo más», porque no tenía ganas de oír miserias. En lugar de sentarse a desayunar, comenzó una larga caminata durante la que repasó su vida. Se alegró, en lugar de pensar en tiempos perdidos, de cómo había llegado a encontrarse a sí mismo, algo que no mucha gente llega a lograr aunque se esfuercen en autoconvencerse de lo contrario.

¿Amor a los dieciséis? Puede ser, como también es posible acertar diez veces seguidas en la ruleta.

La subasta

Se pasaba el día conectado: Ebay, Catawiki, Todo colección, Cash Converters... esperaba paciente y constantemente encontrar «*the holy grial*», como le llaman los americanos a descubrir y adquirir una guitarra determinada de alto valor de coleccionismo. Para ello es imprescindible la pertenencia a una determinada marca, que se fabricara en un determinado año, que se encuentre en buen estado, que no se le hayan realizado modificaciones de importancia...

Y ¿para qué la quería? Pues como inversión no estaba mal, pero también podría comprar acciones o muñecas de porcelana. No, la quería porque necesitaba tenerla. No sabía cuál, pero ¡necesitaba tenerla!

Sufría de G.A.S. —*Guitar Acquisition Syndrome*—, y solo encontraba un ligero alivio cuando localizaba una pieza interesante, entrando en una fase de «subidón» que culminaba al adquirirla, restaurarla y disfrutarla. Pero el ciclo volvía a comenzar cuando se conectaba de nuevo y se sumergía en la multitud de inalcanzables ofertas que circulaban por la red.

Un sábado por la noche regresaba de un bolo con los ojos como platos, se preparó un sándwich mixto y un vaso de leche, y se conectó «a ver qué había» mientras le entraba el sueño. De repente comenzó la caza, estudiando y valorando una serie de ejemplares muy jugosos, aunque todo se interrumpió al llegar a uno de los anuncios que le envenenó sin remedio: «Se venden instrumentos musicales».

Era el anuncio de una persona mayor que estaba vaciando el trastero y al parecer había encontrado varios instrumentos que puso a la venta desconociendo su valor.

A ver... Teclado Yamaha XRB1... basura... amplificador marca Talmus de color negro y rojo... guitarra 7 Ender de color negro, rojo y amarillo 300€.

Al ver la foto palideció, puesto que cumplía todas las características de una codiciada Fender Stratocaster de la serie L. ¿Falsificada? Pues por el tipo de anuncio y lo que se podía ver en la foto no lo parecía, así que llamó al número de contacto. Era un teléfono fijo desde el que contestó una mujercita de voz serena y agradable, quien le contó que había enviudado dos años atrás y estaba vaciando la casa para venderla. Le describió ampliamente multitud de objetos que encontró y que le daba pena tirar. Pretendía venderlos para que los usara otra persona y de paso sacar un dinerillo.

¡No tenía ni idea! Aquella mujer le iba a rebajar todavía más el precio ¡porque estaba vendiendo una guitarra muy vieja! No podía dejar pasar la ocasión y quedó con ella para verla y si todo estaba en orden comprarla. La mujer le advirtió que ya habían llamado varias personas, pero que no les había sabido contestar las preguntas que le hicieron.

Él tenía que ser el primero. Al día siguiente y a las doce en punto se personó en la dirección que le había proporcionado, bajo una intensa lluvia que había durado toda la noche. Cuando llegó a la ubicación, la policía le desvió porque había habido un derrumbe. El corazón le daba vueltas de campana, por lo que dejó el coche y siguió a pie, descubriendo que la lluvia había hecho ceder los cimientos de una casa y dos excavadoras se afanaban en retirar los escombros.

Su gozo en un pozo: había encontrado un imposible y la tierra se lo había tragado, literalmente. Se fue a casa a llorar su pérdida con una nueva búsqueda.

De madrugada se despertó sobresaltado: ¿y la mujer? Pensando en la guitarra no se había preocupado por la mujer. ¿Estaría entre los escombros?, ¿le dio tiempo a salir?, ¿se salvó porque estaba de compras en el momento del derrumbe? ¡¿Con esa lluvia?!

Esperó a una hora prudencial de la mañana y llamó al número que tenía, recibiendo inmediata respuesta de la señora:

—Dígame.

—Señora, estuve ayer en el sitio donde quedamos, pero vi que todo se perdió. ¿Está usted bien?

—Claro, ya le expliqué que quería vender la casa, pero no me ha dado tiempo. Ahora todo van a ser líos y complicaciones, y menos mal que no ha habido desgracias. ¡Ay, que vida! Si la hubiera vendido antes...

—Ah, ¿no vivía usted ahí?

—No, yo vivo con mi hija en un piso dos calles más abajo. Cuando murió mi marido y la chiquilla se divorció nos fuimos a vivir juntas para...

—Ya, ya, lo siento mucho. Una cosa, ¿y la guitarra de la que hablamos?, ¿estaba allí?

—No, las cosas que servían las íbamos pasando a un trastero que tenemos justo enfrente de la casa que se ha derrumbado, pero ya se la llevó otro señor que también estaba muy interesado. Me parece que tenía una tienda, porque me hizo firmar un papel y todo.

—Sí... como habíamos quedado, yo...

—Le estuve esperando, pero como no vino y no me dijo nada, se la vendí al otro señor, que vino por la tarde.

Se quedó petrificado al teléfono, que colgó mientras la mujer repetía: «Oiga, oiga...».

Lo pasó muy mal, pero lo pasó mucho peor cuando en una de sus búsquedas entró en la web de El Carmen Vintage Guitars de Valencia y encontró su *holy grial* en venta, pero sin precio, y en su lugar la palabra «*call*» que se coloca en objetos de un valor tan escandaloso que las negociaciones han de ser en persona.

Vaya tela.

***

Alfredo inició una nueva búsqueda para intentar calmar su desazón, pero el sentimiento ya era otro. Lo veía como algo inútil y vacío. Comenzó a trasladar ese estado al resto de su vida, culminando con la necesidad de pedir ayuda, y llevándole a terminar en manos de una psicóloga que le habían recomendado y cuyos buenos resultados navegaban de boca en boca: Silvia Martos.

Durante la primera sesión le expuso el caso y Silvia lo escuchó con mucha atención. No necesitó dirigirlo porque en su exposición aparecieron todos los elementos necesarios para diagnosticar a su paciente de G.A.S. (*Guitar Acquisition Syndrome*), algo nuevo para ella, pero en lo que vio un nicho inexplorado, así que comenzó a formarse e investigar sobre el tema. Al mismo tiempo se desarrollaban las sesiones, o sea que él era algo así como un sujeto experimental sobre el que ir aplicando los nuevos conocimientos adquiridos: Teoría de la satisfacción continua, *searching for the holy grial, the sick collector syndrome*... el número de sesiones se fue ampliando y comenzaron a verse fuera del despacho, cruzando líneas que se fueron difuminando hasta desaparecer.

Una noche quedaron para hablar sobre la Teoría de la satisfacción continua, exponiendo que el próximo concierto lo tocaría con la última guitarra que había comprado: la definitiva... por el momento. ¿Ahí terminaría todo? ¿Se había curado? Pues se supone que si el concierto se desarrollaba con normalidad, si la guitarra le satisfacía, habría que controlar variables como el ritmo cardiaco, respiración, presión arterial, y contestar oralmente y también por escrito, a un cuestionario cuidadosamente elaborado que definiría inequívocamente el estado del sujeto. La investigación sería parte de la tesis que finiquitaría el doctorado en Conductas Adictivas en el Coleccionismo que realizaba en la Universidad de Alicante con el que se abrirían multitud de puertas laborales, incluso a nivel internacional.

Fue un gran concierto. La cara de felicidad de Alfredo se partía de lado a lado en una plenitud de sensaciones positivas. Había encontrado el instrumento definitivo, por lo que se sentía pletórico y eufórico, convirtiendo la recogida de datos en una explosión de alegría y de peligroso acercamiento, que, unido a la confianza que habían adquirido, les llevó a convertir el diván del despacho en un Parque Vondel privatista. Se desataron como nunca imaginaron que fuera a suceder, llegando a la conclusión de que, o bien no se conocían en esa faceta, o que la situación se les había ido de las manos.

Convirtieron aquello en una relación, pero no en una... relación, ya que solo quedaban para tener sexo. La intensidad era creciente, comenzando a depender de determinados fármacos para conseguir llegar al nivel esperado y que seguía en aumento.

Alfredo era muy feliz así, sin compromisos, sin cajones y armarios ocupados, y teniendo el mejor sexo que hubiera imaginado nunca. No necesitaba más en su nuevo e inesperado momento vital pero, bueno, a veces el sexo no lo es todo, por lo que planificaron pasar un divertido y romántico fin de semana en Sierra Nevada. Silvia se adelantó aduciendo que se encontraba cerca participando en unas jornadas y que no le merecía la pena hacer un camino de ida y vuelta. Comería allí y entraría antes a la habitación. Alfredo llegó cuando ya había oscurecido y embistió como un toro ante la emoción y excitación de Silvia, desarrollándose la noche según lo esperado.

La mañana amaneció muy tranquila y, dado que no tenían costumbre de despertar juntos, les pareció una situación de lo más agradable, dejándose llevar por la confianza y el relax. Silvia entró a la ducha, mientras que Alfredo se abandonaba a la televisión «repantigado» en el sofá, desde donde se veía una libreta negra cerrada con una goma y un bolígrafo sujeto a ella. Miró hacia la ducha, comprobando que ella seguía dentro de la nube de vapor y se arriesgó a curiosear un poco. Se quedó en *shock* nada más abrirla puesto que allí estaban todos sus encuentros documentados con sumo detalle, incluso... ¡el primero!

Cogió el bolígrafo manejando el pulsador nerviosa y repetidamente, como tenía por costumbre cuando investigaba algo, quedándose atónito al descubrir que era una pequeña cámara. Lo dejó todo como estaba y volvió al sofá para esperar la salida de la ducha de Silvia, instante en el que cogió su teléfono y simuló una llamada urgente. Tenía que irse de allí inmediatamente, puesto que era muy consciente de su baja capacidad para disimular.

El viaje de vuelta fue de lo más agobiante: se sentía engañado, utilizado... ¿Habría algo real en lo que él pensaba que era una relación? No podía soportarlo. Tener los pensamientos fluyendo y formando bucles sin control no le dejaba vivir y pensó en... ¡¿buscar ayuda profesional...?! Qué ironía.

Compró un café para llevar del Carmela y se fue al parque donde encontró un maravilloso banco al sol en el que se estiró y despatarró dejando que el calor del sol le poseyera y tomara el control de su consciencia. Comenzó a ordenar y clarificar ideas hasta que llegó a una conclusión que le pareció positiva.

A los pocos días, Silvia le llamó para continuar con sus «sesiones» y quedaron en un pequeño hotel frente al mar, alojándose en una habitación con terraza.

Pero lo primero es lo primero y el polvo fue explosivo, recuperando parte de lo que pudo haber pasado en Sierra Nevada. Tras calmar sus ansias, salieron a la terraza donde se prepararon un festín con lo que les proporcionó el minibar y Alfredo entró directamente «a matar»:

—Me estás usando como conejillo de Indias.

—¿Qué? ¡No! ¿Por qué dices eso?

—Por las notas y por la cámara. ¡Tía, tú no estás limpia! —dijo gesticulando para llamarla loca.

—¡No, no! Escucha: eres lo mejor que me ha pasado nunca y... estoy tan impresionada de la relación que llevamos que escribo un diario, pero solo para mí. Si quieres, aunque me doy cuenta de que ya lo has hecho, puedes leerlo libremente.

—Y... ¿la camarita de James Bond?

—¿La cámara? Siempre la llevo con la libreta, nunca la he utilizado con nosotros.

—Pues no sé, esto me parece de lo más raro.

—Mira, de verdad que no era mi intención molestarte ni hacer cosas que te parecieran fuera de lugar. Ya está, lo tiro a la basura y se acabó.

—Perdona, no era esa mi intención. Si quieres puedes seguir escribiendo. Ahora que lo has explicado lo veo como más... normal. No he dicho nada.

Y volvieron a la cama a ya sabéis qué, quedando todo como una curiosidad... como una deformación profesional.

Nunca volvió a ver la libreta de marras ni la cámara, y el tiempo pasaba felizmente hasta que al terminar una sesión, Silvia le acompañó hasta la puerta como si fuera un paciente más y le agendó para la siguiente sesión.

—¿Esta semana no tienes un ratito para... nosotros?

—No, voy hasta arriba y necesito todo el tiempo para adelantar trabajo porque...

—Ya, no te preocupes, que yo también estoy un poco sobrepasado de trabajo.

La siguiente excusa fue que su hermana la necesitaba, la siguiente que tenía un curso *online*, y por fin llegó el «no lo veo claro y necesito tiempo para pensar».

Y ahí terminó todo, Silvia se convirtió en una reputada experta en conductas adictivas especiales y Alfredo volvió a centrarse en su trabajo, en recuperar viejos amigos y en volver a las andadas vendiendo y comprando guitarras «definitivas».

¡Realmente necesitaba ayuda! Pero ayuda para comprar, tocar y almacenar todas aquellas guitarras que pudiera permitirse.

¿Enfermedad? ¿Medicina? No: un placer.

Marshall

Cuando Marshall fue liberado salió corriendo de la plantación. Llevaba tan solo un hatillo con la ropa de trabajo y unos zapatos destrozados. En sus bolsillos, veinte centavos y su vieja armónica eran toda su fortuna. Ya era libre y podía hacer lo que quisiera, así que se dirigió caminando hacia Galveston. ¡Era un hombre libre!

Cuando entró a la ciudad se dio cuenta de que no era el único negro con hatillo que deambulaba por la zona, pero la gran decepción llegó al pisar la plaza donde se ubicaba el enorme arce rodeado de un pequeño seto de flores lila. Había docenas de negros como él: sin nada que hacer, sin trabajo, sin futuro, y sobre todo, sin nada para comer. Marshall pasó el día tocando blues con su armónica para, al menos, dar ánimos a sus colegas, que se acercaban buscando en la música algún tipo de familiaridad.

Cuando cayó la noche se echaron a dormir allí mismo. Simplemente se recostaron en el suelo, hasta que un grupo de blancos armados con palos y fustas, con unos perros terribles los echaron de la ciudad a golpes. ¡Eran libres! ¿Por qué les pegaban entonces? Pues al parecer era por eso, porque eran libres.

Marshall emprendió el camino de vuelta a la plantación. Se adentró en ella sin que nadie se lo impidiese, cogió sus herramientas y trabajó el resto del día. Por la noche entró en el barracón donde le esperaba una escudilla con la comida del viejo Sam, el cocinero, y su jergón de paja.

Cenó y se acostó, sacó su armónica y comenzó a tocar el blues más triste de su vida.

¡Era libre!

Minifalda

Salió al escenario con una minifalda de impresión, con un escote que mostraba toda la exuberancia de una juventud turgente y abundante. Llevaba el cabello suelto, con media melena, castaño y con mechas rubias. Sus labios rojos, abanderados del deseo, se acompañaban de unos ojos verdes profundos, cristalinos... era muy bella, y se sentía orgullosa de serlo.

Estallaba de blues, una mezcla de sentimientos, de vivencias, de te dejo, de cómo has podido, de vuelve, de todo por ti, de se acabó...

Pero, como un cuchillo, de entre la masa de disfrute sobresalían algunos «tía buena», los típicos «joder, cómo está», y unos pocos «quién fuera guitarra para que me tocaras así».

Eso la ponía frenética, aunque sobre las tablas solo existían sus dedos, que se adueñaban del ébano trasteado, y el blues que brotaba por todos sus poros y volvía a entrar por sus oídos en continuo *feedback*. Era magia y no se debía interrumpir, pero un insensato se atrevió a hacerlo. Nuestra artista, en un arranque de excitación, colocó su pie derecho sobre el monitor del borde izquierdo del escenario y echó la cabeza hacia atrás en una erupción de *feeling*, que se apoyaba en un griterío de emoción y una alfombra de brazos levantados. Un pobre incauto, ignorante y desubicado la agarró por el tobillo y le palpó soezmente la pantorrilla, sacándola del éxtasis de un empujón.

Instintivamente se sacudió la mano y la pisó furiosa, clavándola a las tablas con el tacón, mientras continuaba con su solo entre gritos de placer del público y de dolor del, digamos..., desdichado, por no llamarlo de otra manera, que se encontraba pagando ¿con creces? su atrevimiento.

Una vez en el camerino, cuando los niveles de adrenalina se normalizaron, las lágrimas comenzaron a brotar de sus hermosos ojos, entrando en un llanto sin consuelo que solo una *blueswoman* puede entender, que solo a una *blueswoman* se le podría explicar... con muy pocas palabras.

Y el atrevido... pues ya debería tener claro que a una mujer no se la toca si ella no quiere, y que en un concierto de blues... hay que comportarse.

Normal

Él tenía pelo, él era alto, él estaba «bien hecho», y en el escenario lucía como un *rockero* de los 70. Se preocupaba y cuidaba mucho su imagen. Ropa *vintage*, ropa muy buscada, nada chino, ¡por Dios!

Además de todas estas cuestiones estéticas, Octavio era un músico muy completo: tocaba el piano, la guitarra, el bajo y la batería, no lo hacía nada mal a la hora de grabar y su oído era prodigioso. ¿Qué otra cosa puede pedírsele a alguien que pretende vivir de la música? A ver, yo pienso que habría que buscar un componente de originalidad, de capacidad creativa, en fin, que posea los medios para construir una obra o al menos hacer suya una idea previa. Pero él no pensaba lo mismo, él era una estrella que se comía el escenario, que sabía obtener recursos para vivir, o sobrevivir, de la música hasta que llegara el ansiado momento del triunfo, porque... «un gran artista internacional iba a contratarlo y basar en él su carrera». Ese era un objetivo que iba a llegar solo, y mientras tanto todo consistía en esperar, tocar lo que fuera y con quien fuera y beber gratis todo el *bourbon* que su cuerpo pudiera admitir.

Se encontraba muy cómodo dentro de esta opción de «supermusivivencia»: era algo fácil y como no tenía demasiadas necesidades vitales, con lo que ganaba tenía más que suficiente.

¿Mujeres? No le iba mal en ese aspecto: joven, bien parecido, picando de flor en flor sin responsabilidades, sin obligaciones...

lo disfrutaba, pues su egocentrismo no le permitía que el planteamiento fuera diferente, hasta que Toñi apareció. Toñi era una chica de lo más normal: bajita, de caderas más bien anchas y con una forma de vestir de lo más simple y neutra que pudiera salir de un centro comercial. Lo completaba con la mochila donde ubicaba su ordenador y todo lo que no soportaba llevar en los bolsillos, pero que necesitaba.

Ni se fijó en ella. Compartieron barra esperando a ser atendidos, hasta que él siguiendo con su hábito de ser el primero, la golpeó accidentalmente con el codo y le tiró las gafas al suelo.

—Hostia, perdona, que no te había visto.

—Ya, no pasa nada... o sí.

La moldura de las gafas se había partido y, cuando se las puso, uno de los cristales cayó al suelo y se hizo añicos.

-—Tía, lo siento, qué putada.

—Pues sí, porque valen una pasta.

—La pasta vale una pasta. —Se rió estrepitosamente.

—Muy gracioso —dijo con sequedad.

—Bueno, no te mosquees, ten en cuenta que ha sido sin querer.

—Tú plantéalo como quieras, pero la realidad es que me has roto las gafas de un golpe, ¿qué vas a hacer al respecto?

—Pues... te he pedido disculpas, ¿no?

—¿Y responsabilizarte de lo sucedido no va a ser posible? Pagarlas, quería decir.

—No sé, ¿eso qué vale?

—Unos cuatrocientos euros largos.

—Ni de coña, eso es mucha pasta.

—Lo suponía. Pues hala, aquí termina la conversación, porque no creo que des para más.

Toñi recogió los restos de las gafas y su mochila, y se marchó, algo que le dejó entre indiferente y aliviado.

Iba a comenzar su actuación semanal en el Steamroller Bar. Siguiendo su rutina, dejó la guitarra apoyada en el amplificador y se dirigió a la barra para pedir el primer *bourbon* de la noche. Cuando le sirvieron subió de nuevo al escenario para dar algún que otro retoque y Toñi estaba esperándole luciendo unas gafas nuevas, y una amplia y maliciosa sonrisa.

—Hey, tía, ¿qué tal?

—Bien, ¿y tú? He venido a verte.

—Ah, ya veo, y estás en el...

—Sí, nunca había subido a un escenario ¿Esa es tu guitarra? ¡Qué bonita!

—No es una Les Paul de las buenas, es una imitación, pero la tengo hace un huevo de tiempo.

Toñi se acercó, la tocó y se le quedó enganchada a la pulsera, cayéndose del escenario y partiéndose por la base de la pala.

—¡Joder, tía, me has roto la guitarra!

—Tío, lo siento, qué putada.

—Ni lo siento ni mierdas, ¡la has roto!

—¡Vale, vale! Que ha sido sin querer.

—¿Sin querer? ¡Ahora me la pagas!

—No te pongas así, creo que ya me he disculpado.

—¡Te digo que me la tienes que pagar y punto!

—No sé, ¿eso qué vale?

—¿Arreglarlo? ¡Lo menos cuatrocientos pavos!

—Ni de coña, eso es mucha pasta, y acabo de pagar unas gafas nuevas que me han costado más o menos eso. No me queda dinero gracias al gilipollas que me las rompió y no me las pagó.

—¡Qué fuerte! Has venido a cargarte la guitarra como venganza. Eres muy mala persona.

—Pues lo creas o no, ha sido sin querer, aunque al parecer el karma ha hecho de las suyas con nosotros, ¿no crees?

—Lo que creo es que la has roto a posta; que has venido a joderme por lo del otro día.

—Si fuera tan irresponsable como tú así habría sido, pero no es el caso. Te propongo una solución: si tú me pagas las gafas que rompiste sin querer, yo te pago la reparación de la guitarra que he roto sin querer. ¿Es justo?

—Eso, yo te pago la mierda de tus gafas y tú me arreglas esto —dijo con los restos de la guitarra en la mano.

Lo meditó un momento y entonces cayó en la tontería que estaban discutiendo, puesto que el precio de las dos reparaciones era similar. Solo quedaba en el aire el hecho de que el asunto de la guitarra fuera planeado.

—Tía, dime la verdad, ¿lo has hecho adrede?

—¡Ja, ja, ja! Si hubiera planeado tirarla seguro que habría quedado más maltrecha. Se me ha enganchado a la pulsera; tienes que saber que las casualidades existen y así es como ha ocurrido.

Se quedó pensando mientras la miraba fijamente:

—Vale, me has convencido. ¿Hacemos las paces? Yo tocaré con la guitarra de reserva y esta la llevaré mañana al lutier a ver qué me dice.

—Sí, ya está bien, que desde que nos hemos conocido estamos en pelea continua.

Se sentaron en una mesa, puesto que todavía quedaba un rato para el comienzo del *show* y sin percatarse se abrió por completo a aquella chica. No era normal que conversara tanto tiempo con una mujer con quien no pretendiera acostarse. Le habló de sus objetivos y de su modo de vida, dirigido por las preguntas concretas que ella le lanzaba y que le hacían ver su vida más ordenada, descubriendo aspectos de ella de los que nunca antes había sido consciente.

Tras la reveladora conversación subió al escenario más relajado, pero según se adentraba en la actuación pensaba y se cuestionaba con más fuerza si sus estructuras vitales estaban bien planteadas y afianzadas, si sus objetivos eran alcanzables con las herramientas de las que disponía o eran pura ficción.

Esa noche no cruzó la línea etílica, no buscó hembra, no se quedó en el local hasta la hora de barrer. Recogió, se marchó a casa sin decir nada y se acostó directamente, pero no pudo conciliar el sueño. Su cabeza centrifugaba pensamientos, por lo que se mantuvo en cama apenas un par de horas y se levantó a tocar la guitarra, sin enchufarla, por supuesto. Tocó hasta el agotamiento sobre la idea de que lo que hacía no lo realizaba, no lo completaba como persona.

Por la mañana se dispuso a buscar a la chica, a pesar de que lo único que sabía de ella era que trabajaba con ordenadores. Recorrió sin éxito alguno multitud de tiendas de informática e investigó en todos los campos donde se podría usar un ordenador, pero hoy en día esa es una búsqueda tan amplia que le hizo ver lo imposible de su misión. Siguió con su, hasta ahora, regalada existencia, pero cuestionándose de forma incipiente todos los pilares en los que la asentaba.

Una soleada mañana de marzo cruzaba el moderno y empedrado parque del barrio en dirección a la nueva tienda de ropa *vintage* y, sentada tras la cristalera de una cafetería, estaba Toñi, con una humeante taza y su inseparable ordenador.

—Hey, Toñi, ¿qué tal? ¿Qué haces?

—Hola, qué sorpresa, estoy trabajando.

—¿Trabajando? —dijo en tono jocoso.

—Sí, trabajando. No es necesario estar sentada ocho horas en una oficina para ser productiva —contestó airada—, yo trabajo *online* y sin horarios. Trabajo por objetivos.

—¡Hala!, ¿y eso qué es?

—Pues que cada quincena completo determinados proyectos distribuyéndome yo el tiempo y eligiendo el lugar donde hacerlo, por supuesto. Haciéndolo así rindo más, organizo mejor mi vida y, por ende, estoy más relajada y feliz.

—Joder, no tenía ni idea de que se pudiera currar así, ¡qué chollo!, ¿no?

—A ver, está bien porque te permite organizarte mejor el tiempo, pero de chollo nada porque trabajas lo mismo o más.

—Bueno, pero tú estás aquí con tu cafecito, al sol... y la peña encerrada en oficinas.

—¡Je, je, je! Eso es como todo, generalmente tus logros se acompañan de esfuerzo. Puede haber también un componente de suerte, pero en general tienes lo que te curras, chaval —dijo guardando el ordenador en la mochila.

—Sí, puede ser...

Se sentó en silencio a su lado mientras Toñi tomaba notas a mano en su planificador. Los dos estaban al solecito, pero de formas distintas.

Un rato después se despidió y se marchó, pero antes de salir del local se volvió y le dijo:

—Oye, y... ¿mañana vas a estar por aquí?

—Pues sí, ¿por qué lo dices?, ¿vas a venir tú también?

—Sí, me ha gustado el sitio. ¿Te molesta?

Se quedó quieta mirándolo fijamente y con media sonrisa le respondió:

—No, es más, me encantaría.

No se esperaba esa reacción, así que se despidió torpemente y se fue.

Al día siguiente apareció con una mochila en la que llevaba una libreta y bolígrafos, se sentó al sol y se puso a escribir. Tenía la firme intención de componer una letra pero, cuando llevaba apenas cuatro o cinco renglones, arrancaba la hoja, la arrugaba e, incivilizadamente, la arrojaba al suelo, comenzando de nuevo.

—Eres un poco guarrete, ¿no? —le susurró apareciendo por detrás.

—¡Joder, qué susto! Estaba concentrado. He venido a ver si componía una letra, pero aquí no se puede trabajar.

—¿Ah, no? ¿Me dejas leer algo de lo que has escrito?

—No. Lo he tirado todo —le dijo entre frustrado y enfadado.

—Sí, al suelo, por lo que veo.

—¡Y qué pasa! Así damos trabajo a los de la limpieza.

—Los de la limpieza no necesitan que les añadas faena —dijo recogiendo un par de bolas de papel, que alisó y comenzó a leer.

—No leas eso, que es una mierda.

Ella siguió leyendo sin hacerle caso.

—¿Puedo decirte algo?

—No sabía que eras crítico musical —le dijo con acidez.

—Mira que eres crío. ¿Quieres que te ayude o no?

—A ver, venga esa ayuda —siguió con el mosqueo.

—No puedes ponerte a escribir sin orden ni concierto. Antes de abordar una obra tienes que tener claro el tema y plantear tres partes: introducción, nudo y desenlace. Por ejemplo esta que has comenzado: «Estoy loco de amor, vente conmigo, vámonos de aquí, te lo voy a dar todo». El tema está claro, pero primero tienes que pensar en una intro para...

Le quitó el papel de la mano y volvió a arrugarlo, pero antes de que dijera una palabra ella le cogió por la muñeca con mucha calma y le propuso escribir una letra con él. Se tranquilizó al instante y su actitud cambió, comenzando una colaboración muy rica que tuvo como resultado una letra bastante apañada que le motivó a convertirla en una canción con una ilusión enorme. Toñi fue víctima de una sacudida de hombros para desahogar la emoción que le desbordaba. Se levantó y...

—Me voy, ¡esto va a ser un tema que te cagas!

Y se fue contento como unas castañuelas. La chica miró hacia adelante, sacó su ordenador y se puso a trabajar.

Al día siguiente, Toñi, que estaba tecleando al sol, no se sorprendió al ver llegar a Octavio con una guitarra y una sonrisa.

—Escucha esto —le dijo mientras se sentaba y abría el estuche—. Nuestro trabajo de ayer ya tiene música.

Y sin preocuparse de lo que tenía alrededor interpretó ante ella una canción que le pareció magistral.

—¡Vaya tela! Ha quedado impresionante, parece mentira que esto sea el resultado de lo que hicimos ayer en un momento. ¡Me encanta!

Y se envolvieron en una conversación llena de planes y proyectos. Se iban a comer el mundo, grabar discos, bolos... hasta que ella se puso seria. Muy seria. Lo miró fijamente y le sentenció:

—Antes de todo eso me vas a pagar las gafas.

Octavio comenzó a reír hasta que puso una mano en la cintura de Toñi y le dio un beso, un largo y suave beso que cuando terminó dejó oír:

—Lo digo en serio.

Y tras otra sesión de risas y otro beso, notablemente más intenso, Octavio le susurró al oído:

—Dime la verdad. ¿Rompiste intencionadamente la guitarra?

No contestó, recogió el ordenador se cogieron de la mano y dieron por terminada la jornada, tomando camino a casa de ella para escribir otra parte de esta historia.

Un negro y una negra

Érase una vez un negro y una negra que vivían en una ciudad del sur de los Estados Unidos de América. Ambos tocaban la guitarra y ambos eran muy buenos. Sobrevivían de la música actuando frecuentemente en el barrio del Storyville de Nueva Orleans. Pero no pasaban de ganar para comer y dormir a base de sesiones maratonianas de blues y *swing* por los tugurios, con gente muy agradecida, pero con muy poco *cash*, así que el bote de las *tips* siempre acababa a media asta.

Los dueños de los locales, que eran quienes realmente ganaban dinero, solían invitarlos a cenar con la comida que sobraba a la hora del cierre, y las propinas les daban para cubrir el alquiler y los gastos diarios. Eran felices y no aspiraban a mucho más.

Louise era la compositora y Tobías tan solo aportaba algunos arreglos a los temas, pero cuando llegaban a escena eran un éxito seguro con su ritmo trepidante que hacía las delicias de su público. Estos ritmos motivaban a los *jumpers* para hacer sus saltos y cabriolas en la calle, calentando el entorno y atrayendo a más gente si cabe, aunque la pobreza reinaba en el ambiente, y también se reflejaba en las ganancias de los artistas.

Un día, Louise estaba más seria de lo normal con Tobías y este, siempre muy empático, intentaba conocer la causa para poner la solución que estuviera en su mano, hasta que ella se volvió, lo miró fijamente a sus ya grandes ojos y le dijo que estaba embarazada. Tobías quería dar saltos de alegría, pero inmediatamente le sobrevinieron los pensamientos de qué iba a pasar a partir de ese momento, por lo que les salió el sol buscando soluciones y planificando su futuro con un nuevo miembro en la familia.

Tomaron una decisión: se irían a Chicago. Se suponía que allí se vivía mejor, que no todos los negros eran pobres. Era «Chicago, el dorado».

Tomaron un tren abarrotado de negros con idénticos planes y, tras muchas penurias, llegaron a una ciudad enorme en la que no sabían qué hacer ni adónde ir. No tenían contactos, así que hicieron lo que sabían hacer mejor: elegir una esquina concurrida y dedicarse a tocar ante un creciente público de negros, pero... ¡también de algunos blancos! que llenaron de *tips* la funda de la guitarra como nunca les había ocurrido. Buscaron alojamiento e hicieron lo mismo durante varios días, hasta que un tipo blanco y gordo, con un elegante abrigo, un sombrero caro y un enorme puro habano en la boca, les dijo que eran muy buenos y que fueran a verlo esa misma tarde a la discográfica. Les dio una tarjeta y se marchó echando humo con las manos en los bolsillos.

Se presentaron puntuales y diligentes en su oficina y allí estaba el humeante tipo tras una enorme mesa invitándoles a sentarse frente a él y hablando de grabar discos, de giras, de carteles, de... de fama y de mucho dinero. Los discos, claro, serían solo para negros, estos llevarían impreso un sello con la palabra RACE que indicaba para qué público iban dirigidos.

El dinero que ofrecía era una fortuna para aquella pareja, y muy emocionados le dieron las gracias con promesas de no defraudar, hasta que el gordo productor los bajó de la nube al indicarles que solo lo quería a él, que ni ellos trabajaban con mujeres ni sus discos se iban a vender, que Bessie Smith, Ma Reiny, Victoria Spivey, etcétera ya eran historia y que el blues era cosa de hombres: de Muddy Watters, de Howling Wolf, de B.B. King...

Salieron de allí con Louise bañada en lágrimas, ya que en el norte, en el dorado, en la tierra de la libertad, la habían tratado peor que en el segregacionista sur. Pero era lo que había. Preguntaron, pensaron, y decidieron aceptar la oferta porque, definitivamente, era lo que había. Así que Louise aceptó su nueva vida componiendo los éxitos de su marido, cuidando a sus hijos y viviendo en el más absoluto anonimato en el que hundieron a todas las mujeres del blues en los años 50.

Fue una época triste de divas junto a fogones y cunas, o ante destructivas botellas, que nos hizo perdernos una buena parte de la música, o no, porque muchas composiciones de hombres tenían como autora secreta a una mujer. Pero lo que sí perdimos del todo fue el gran espectáculo que estas reinas podían habernos ofrecido, si hubieran tenido la posibilidad de pisar las tablas.

Jefferson

Jefferson estudió en la Complutense, terminó su carrera de Derecho y fundó un bufete junto a cinco compañeros y compañeras.

Como anécdota, de los cinco componentes del bufete él era negro, Rashid era hindú. Rosanna indígena peruana, Lidia española de un pueblo de Albacete y Ahmed marroquí. Se trataba de un grupo cuya unidad se basaba en el hecho de pertenecer a etnias originarias de diferentes países. ¿Y Lidia? Lidia era la esposa de Rosanna.

Jefferson era muy reivindicativo, poniendo el grito en el cielo al menor indicio xenófobo y siendo este un tema recurrente en casa a la hora de comer.

James Big John, el padre de Jefferson, era un reputado saxofonista que principalmente se movía dentro del territorio del blues, el *jazz* y el soul. Originario de Greenville, Alabama, emigró muy joven a España junto a su novia Bertha y se afincó en Madrid, donde se casó y vive una vida tranquila como músico de sesión y compositor de blues. Jefferson odiaba esas temáticas de campos de algodón y de tristeza vital, echándole a menudo en cara que hubiera abandonado su tierra tan joven en lugar de quedarse a pelear por una vida mejor para la población negra. Le dolía no haber conocido a sus abuelos, no saber realmente cuáles eran sus orígenes, por lo que James, el padre de Jefferson decidió que había llegado el momento. Durante la cena, Bertha y él le contaron la verdad, la cruda verdad de por qué emigraron a España.

—Jefferson, ¿tú quieres saber la verdad?, ¿quieres saber por qué dejamos Alabama?

—Me lo imagino: era una sociedad racista y era mejor venir a España donde los negros vivimos tranquilos —contestó con una gran carga de sarcasmo.

—No tienes ni puta idea de lo que dices, no estabas allí y llevas mucho tiempo juzgando una situación que desconoces en su totalidad.

—Pues explícala, que soy todo oídos.

—¡Pues sí que voy a explicártela! Ser negro en Alabama significaba estar un escalón por debajo en la cadena evolutiva, ¡o incluso más abajo! Significaba que te consideraran medio animal, y por tanto, sin los derechos más elementales que amparan a las personas blancas. Para ellos ganamos la libertad en una guerra injusta, tergiversada y sin sentido, y piensan que algún día las cosas volverán a ser igual que antaño.

»Había calles por las que no podías pasar, tiendas en las que no podías comprar, personas con las que no podías hablar, ¡horas en las que no podías estar en la puta calle!, autobuses a los que no podías subir, casas que no te permitían comprar por mucho dinero que tuvieras, colegios donde no te permitían matricular a tus hijos, iglesias, cines, ropa... y no, no podíamos luchar en las mismas condiciones que aquí. Aquí te puedes manifestar y después tomarte una cerveza con tus amigos, e incluso con gente que no piensa como tú, pero os respetáis o al menos os soportáis. Esa era una lucha a muerte. Si salías a protestar en grupo, porque individualmente era un sinsentido, acababas molido a palos, mordido por perros, encarcelado o incluso muerto, y...

Se calló porque la voz no le respondía, bebió agua y siguió en un tono más calmado.

—Esa no era una vida que quisiera para ti... yo luché una guerra en la que hacíamos progresos imperceptibles, que iban sumando, pero... no es lo que quería para ti.

Se levantó y abrió un armario de su estudio ofreciéndole a Jefferson diversa documentación, artículos, etcétera.

—Como verás sigo peleando desde aquí con todos los medios a mi alcance: envío dinero, escribo en revistas, hago manifiestos en video... no abandoné la lucha en ningún momento, pero lo último que deseo es que pases por lo mismo que yo pasé. Tu vida en España es una vida con derechos, con protección... ¡con futuro! Ahora tú, si es lo que quieres, con tu mayoría de edad, con tu formación y con toda la información que busques, además de la que yo te pueda aportar, decide lo que hacer con tu vida. Yo siempre te apoyaré con orgullo.

Tras un breve silencio contestó:

—Joder, papá, no sé qué decir.

—Pues no digas nada, tómate tu tiempo, recaba información de diferentes fuentes, habla conmigo y con otra gente que yo te presentaré, y con todo ello toma tus propias decisiones.

Fueron dos semanas de intensa investigación por parte de Jefferson, que le llevaron a compartir sus sentimientos con sus compañeros y compañeras de bufete. Se volcaron en la elaboración de un proyecto de defensa de derechos en poblaciones vulnerables que aprobó y financió la universidad. Tenían fondos, motivación, personal... y mucha juventud, así que, cuando todo estaba ya decidido y concedido, se lo explicó a su padre.

—Y eso es básicamente lo que pretendemos.

—Muy bien, hijo —dijo recostándose en su sillón—, sigue adelante con tu proyecto, tienes todo mi apoyo.

Se fundieron en un abrazo con un sentimiento maduro y emocionado, de los que el padre no estaba acostumbrado a recibir de su ya adulto hijo. Mientras el lazo se mantenía, Jefferson le susurró al oído:

—Quiero que sepas que a principios del mes que viene me iré a Alabama por un tiempo. Voy a seguir tu lucha.

Las piernas le temblaban. Big John era un tipo muy valiente, pero cuando se trataba de su hijo el miedo le atenazaba. No lo creía capaz de soportar lo que fue su vida en su juventud y... ¡qué demonios!, no quería que pasara por ello.

No podía evitar verlo desde el punto de vista de un padre, obviando la mirada del activista, del luchador... pero no podía, o no debía negarle la posibilidad de implicarse en la causa, de forjar su espíritu viviendo en sus carnes la verdad de la marginación de su raza. Haciendo acopio de valor le dio su bendición, un beso, y la lágrima que gritaba al viento lo honrado que se sentía por tener un hijo como él.

—Gracias, papá —se despidió con una sonrisa y un saltito infantil.

—Ten cuidado, hijo —le dijo lloroso mientras se marchaba.

Durante los tres primeros meses, Jefferson mantuvo a su padre al corriente de su actividad. Todo iba bien porque el sector blanco veía inofensiva su postura. Solo era un turista que se marcharía pronto y podrían seguir campando a sus anchas, así que le dejaron hacer.

Un soleado día, Jefferson y su pareja decidieron dar un paseo de la mano por el Parque Central. Hasta ese momento no fueron conscientes de la realidad prestada en la que se movían, encontrándose esa noche en el mismísimo infierno. Dos negros gays, revolucionarios y extranjeros se colocaban, en cuanto a derechos, por debajo de algunos animales de granja, por lo que la paliza que recibieron fue definitiva, añadiendo, al aluvión de golpes, serias mutilaciones en genitales, orejas, nariz...

Jefferson pasó mucho tiempo en el hospital, en cambio su pareja no tuvo tanta suerte. Cuando salió no estaba anulado ni mucho menos, era un amasijo de rabia con sed de justicia y reparación. Se empleó a fondo en la difusión de lo que les había pasado, calando en la comunidad internacional de tal forma que el gobierno americano tuvo que intervenir y revisar la legislación y protección de la población negra del sur.

Cuando volvió a España, fue a buscar la comprensión y el apoyo de su padre. Big John no era tan *big* ante las vivencias de su hijo. Hubiera dado cualquier cosa por haberle evitado una experiencia así, pero era un adulto y tomó sus propias decisiones.

—Siento mucho lo que te ha pasado, hijo, no sabes lo que...

—Lo sé, papá, créeme. Si yo hubiera sido padre habría tomado tu mismo camino. Perdóname por haber dudado de ti.

Big John abrió una caja que sacó del armario de su despacho y mostró a su hijo una serie de fotos.

—¿Quiénes son?

—Estos tres son mis compañeros, los asesinaron impunemente.

—¿Y la chica?

—Era mi hermana Elisabeth. Le dieron una paliza que la dejó tetrapléjica. Murió en dos años. No había cumplido los veinte, pero a pesar de su juventud fue un ejemplo de lucha y de tenacidad. Su caso me hizo ver que no se puede pelear a pecho descubierto contra una sociedad que cuenta con todos los apoyos, que los enfrentamientos han de ser más sutiles y constantes. Ellos tienen la fuerza y tú has de tener la inteligencia, por ello sigo reivindicando desde aquí y protegiendo a mi familia, porque morir por morir es algo inútil.

—Sí, papá, pero yo no tengo nada que perder. Voy a volver y alzar la voz todo lo que pueda hasta lograr la libertad total de mi raza en ese país.

—Hijo, deberías...

—Está decidido. Es la dirección que quiero tomar y nada va a cambiarlo.

Se dieron un gran abrazo con sabor a despedida y orgullo, y Jefferson volvió a Alabama a encarar la injusticia.

Como la carta de la violencia física ya estaba jugada, usaron otro método: el joven abogado fue acusado de abusos sexuales a uno de sus empleados y le prohibieron ejercer la abogacía durante doce años.

Pero nada detenía a Jefferson. Resiliente ante las desgracias, se dedicó a dar charlas ante la población negra de concienciación y reivindicación de derechos. Se convirtió en un feroz activista que levantaba ampollas al sector más reaccionario del sur profundo.

Una madrugada, en una perdida carretera de Alabama, un enorme camión de dieciocho ruedas se quedó sin frenos y arrolló a la furgoneta en la que viajaban Jefferson y sus compañeros de campaña. Murieron al instante, provocando una gran conmoción en la población y en las instituciones, que hicieron ondear a media asta sus banderas y colocaron crespones negros en las puertas de algunos juzgados, ayuntamientos e incluso iglesias. La misma gente ante la que protestaba le hacía homenaje. Esto da invita a pensar... en por qué el Ku-Klux-Klan era una sociedad secreta y sus miembros ocultaban su identidad.

Las noticias, hasta el fatal desenlace, iban llegándole a Big John que, consciente de lo que iba a pasar, se dedicó a componer, inspirado en ellas, hasta la culminación de un disco con una carga de protesta y demanda sin precedentes. Ahora era él quien no tenía nada que perder, volviendo a Alabama y, desde ese momento, dedicando su vida a continuar el trabajo de su hijo: denunciar injusticias, luchar por derechos y reivindicar que el color de la piel no debe ser un hándicap sino una característica física como puede ser la altura o el peso.

Pero, ante todo, lo que debe quedar claro es que sin individuos como Jefferson y Big John es imposible ganar batallas. Los poderosos solo ceden y se rinden ante personajes capaces de plantarles cara y denunciar públicamente sus abusos, aunque este modo de vida pueda llegar a costarles la suya propia.

Mary la rica

Mary la rica era una mujer muy caprichosa. De jovencita quiso bailar y logró ser la primera de su promoción en el Conservatorio de Alicante. En su casa la asistían los mejores profesores, e incluso su papá mandó construir una réplica de la sala donde recibía las clases. Después lo dejó, porque una vez demostrada su valía, bailar por sí solo no representaba un aliciente para ella.

Tras esta etapa comenzó a pintar. Buscó a los mejores maestros y, debido a la influencia de papá, las exposiciones en las mejores salas le llenaban la agenda. Cuando consiguió que un importante museo adquiriera una de sus obras se replanteó la vocación: ¿para qué seguir?, ¿para vender cuadros a las galerías? Lo dejó.

Seguidamente le dio por aprender a tocar la guitarra, y como siempre, lo mejor fue puesto a su disposición: los mejores profesores, los mejores instrumentos, una sala insonorizada...

Aprendía a pasos agigantados hasta que decidió el estilo al que quería dedicarse: iba a ser una gran intérprete de blues, y para ello contrató a los mejores del panorama nacional, que pronto le supieron a poco. Se atrevió a proponerle a J.J. Mctherman, de Nueva Orleans, que viniera a darle clases. J.J. acudió, ya que la minuta era de lo más atractiva, pero al cabo de una semana se despidió, dándole a Mary la explicación de que no tenía blues en la sangre, algo que la hizo entrar en cólera, resultando una despedida de lo más desagradable. Mary siguió en sus trece y contrató por más dinero aún a Morgan C. Louis, de Chicago, quién se quedó algo más de tiempo y se despidió de la misma manera que el anterior y por el mismo motivo.

El tercer *bluesman* ya tuvo hasta un mal recibimiento, con lo que pretendía dejar claro quién mandaba allí. El músico se sentó con ella y le pidió que tocara, así que Mary se arrancó con un blues melancólico que contaba su desgraciada vida y que nadie la quería. El *bluesman* escuchaba impasible y cuando acabó le pidió que tocara más. Comenzó a tocar otro blues que hablaba de desamor y pobreza. El nuevo profesor la escuchó impávido y cuando terminó le dijo muy respetuosamente:

—¿Tú comprendes lo que estás cantando?

—Sí, de sobra, ¿por qué lo dices?

—Porque una canción es una forma de contar lo que has vivido y nada de eso que cantas ha sido parte de tu vida, entonces suena vacío, sin alma.

—Dudo mucho que todos los cantantes basen sus canciones en vivencias propias. ¡Es imposible! —dijo airada.

—No quiero decir que hayas sido protagonista de todo, pero al menos has de comulgar con ese estilo de vida. Cantar lo que vives y vivir lo que cantas.

—¿Me estás diciendo que soy un fraude?

—No. Pero si escucharas, quizá podríamos entendernos —dijo, harto de la prepotencia de la rica.

—Sal de mi casa. ¿Quién te has creído que eres para tratarme así? ¡Largo!

Nuestro músico cogió su maletín y su sombrero y se incorporó despacio. Se despidió deslizando el pulgar por el ala del sombrero y se dirigió hacia la puerta.

Mary se quedó sola, rabiosa, ¿cómo podía decirle eso y quedarse tan tranquilo? Ella era la mejor en todo, ¡eso no admitía discusión! Bajó al flamante estudio que le había construido su papá y se dispuso a oír las grabaciones que había hecho. Tenía razón. Eran canciones técnicamente correctas, pero sin alma. Comenzó a llorar y a golpear cosas que no tenían ninguna culpa hasta que se detuvo como si hubiera visto un fantasma. Corrió hacia el garaje, subió en uno de los deportivos y salió en busca de su maestro, a quien encontró caminando no muy lejos de su mansión. Se detuvo, le pidió perdón y le invitó a subir al coche. Él era un tipo muy humilde, por lo que aceptó la invitación y esperó a que ella se explicara, algo que no hizo hasta llegar a casa.

Bajaron al estudio donde había multitud de cosas rotas. El *bluesman* esbozó media sonrisa diciendo:

—¿Hoy no ha venido el servicio?

—No te cebes conmigo. No veía las cosas claras.

Le puso una canción en la que era evidente la falta de alma de la «princesa» del blues.

—Quiero sonar real, sonar de verdad.

El músico cogió la guitarra y cantó lo mismo que ella. Ponía los pelos de punta.

—¡Así!, quiero hacerlo así.

—Pues ya que estamos por fin hablando, claro te voy a explicar por qué no suenas así: para hablar de desamor tienes que haberte enamorado y haber perdido a tu amor, solo así podrá salir tu alma para contarnos tu historia. Si cuentas desdichas, no puedes hacerlo desde esta mansión y con esta vida. Tendríais que haberlo pasado mal, tú y todos los de tu alrededor. Pero, sobre todo, al hablar de alegría tienes que proporcionarla tú, tienes que llevarla dentro. Todo esto en tu caso no es posible porque naciste y vives entre algodones, lo tienes todo porque lo compras y no le llegas a encontrar el valor. Sinceramente, desde tu posición nunca podrás tocar blues. Elige otro estilo en el que no tengas que cantar una vida de mentira.

Como ella se quedó callada, el *bluesman* se levantó, y, tras colocarse el sombrero cuidadosamente, dijo adiós mientras se dirigía a la salida.

Mary la rica se quedó sentada un buen rato, quieta, pensativa, y cuando recobró la actitud salió por la puerta, que dejó abierta, caminando sin dirección.

Nadie volvió a verla, pero cuentan que por las calles de Madrid deambula una mendiga sucia y desharrapada que canta blues con una vieja guitarra, que vive de lo que le dan, y que llora mientras canta. Mucha gente le ha hecho proposiciones para actuar en clubes o hacer grabaciones, pero ella contesta que no, que su sitio está en las calles, que vive blues.

ÍNDICE

www.losimpostores.es

Los relatos han sido interpretados de forma desinteresada por:

Rosa Abellán
Cristian Barberá
Kike Blanco
Fernando de la Calle
Juan Campello
Rubén Cebrián
Sergio Cortés
Raquel Cubillo
María Dutil
Carmen Nieves Ferrer
Iván Galipienso
Verónica Gil
Pedro Hernández
Jesús Lledó
José Antonio Martínez
Sara Mirón
Ricardo Pastor
Luis Miguel Pazos
Juan Carlos Podio
Nono Puigcerver
Carolina Ripoll
Alberto Sánchez
Fátima Siso
Lola Tovar
Pedro Más "Masito"
Leyre Martínez
Silvana Martínez
Emilio Berenguer
Claudia Berenguer

Este libro se terminó de editar en Granada
en febrero de 2026 por

Aliarediciones

www.aliarediciones.es

info@aliarediciones.es